UNIVERSALE
ECONOMICA
FELTRINELLI

Opere di Eva Cantarella in Feltrinelli:

L'ambiguo malanno
Secondo natura. La bisessualità nel mondo antico
I supplizi capitali. Origine e funzione delle pene capitali in Grecia e a Roma
Passato prossimo. Donne romane da Tacita a Sulpicia
Itaca. Eroi, donne, potere tra vendetta e diritto (premi Bagutta e Forte Village)
L'amore è un dio. Il sesso e la polis (premio Città di Padova per la saggistica)
Dammi mille baci. Veri uomini e vere donne nell'antica Roma
L'ambiguo malanno. Condizione e immagine della donna nell'antichità greca e romana
Pompei è viva (con Luciana Jacobelli)
Perfino Catone scriveva ricette. I greci, i romani e noi
Non sei più mio padre. Il conflitto tra genitori e figli nel mondo antico
L'importante è vincere. Da Olimpia a Tokyo (con Ettore Miraglia)
Come uccidere il padre. Genitori e figli da Roma a oggi
Gli inganni di Pandora. L'origine delle discriminazioni di genere nella Grecia antica
Le protagoniste. L'emancipazione femminile attraverso lo sport (con Ettore Miraglia)

EVA CANTARELLA

L'amore è un dio

Il sesso e la polis

Prima edizione in "Varia" marzo 2007
Prima edizione nell'"Universale Economica" febbraio 2009
Dodicesima edizione settembre 2021

Stampa Elcograf S.p.a. – Stabilimento di Cles (TN)

ISBN 978-88-07-88588-4

Prima di cominciare

Amore, sessualità, emozioni, matrimonio, famiglia: sono i temi di questo libro, gli stessi temi trattati nel febbraio 2005 in *Sex and the polis*, una serie di trasmissioni radiofoniche nel corso delle quali ho raccontato a un pubblico di non specialisti alcuni aspetti della vita privata degli antichi (in quell'occasione, non solo i greci, ma anche i romani). Al termine di queste trasmissioni – incoraggiata dal consenso che, mi si dice, esse hanno incontrato – si è fatta strada l'idea di una loro redazione scritta, senonché, man mano che il lavoro procedeva, nasceva il desiderio di introdurre nuovi argomenti, di eliminarne altri, di modificare l'ordine di esposizione. In breve tempo la materia è cresciuta sino a suggerire di dividerla in due parti, e di cominciare a pubblicarne una prima, relativa alla Grecia.

Il testo qui presentato, dunque, è molto diverso da quello della trasmissione radiofonica, alla quale deve comunque l'idea di base e, soprattutto, il taglio narrativo. È un punto, questo, sul quale tengo a insistere e sul quale voglio spendere due parole.

Io credo che oggi sia giunto il momento, per chi si occupa del mondo antico, di trasmettere a un pubblico il più possibile esteso quelle conoscenze che una volta erano, in misura più o meno ampia, retaggio comune a partire dai banchi di scuola, ma che oggi sono state tristemente espunte o radicalmente limitate dai programmi scolastici.

Nei limiti delle mie capacità e possibilità, mi sembra insomma giusto e doveroso contribuire a far sì che l'antichità non diventi un privilegio di pochi eletti, ma continui a far parte del patrimonio di chi vive in una civiltà, come la nostra, che in quel mondo affonda le sue radici. E poiché, quando si parla di radici (senza menzionare qui la filosofia, le scienze, il teatro, e tutti gli altri debiti verso i greci) ci si riferisce soprattutto alla teoria e alla pratica della politica, mi è sembrato non del tutto inutile estendere il discorso ad altri aspetti della cultura: i rapporti familiari, alcune pratiche sociali, il costume, la mentalità, la relazione tra i sessi.

Senza minimamente sottovalutare l'importanza della storia e del pensiero politico, mi è sembrato insomma importante allargare il discorso a un'altra storia, legata a momenti più privati della nostra esperienza. Nel cercare di descriverla, ho dato ampio spazio anche ad alcuni dei racconti più antichi del nostro mondo, vale a dire i miti. A proposito dei quali è necessario aprire una brevissima parentesi.

I miti narrano storie fantastiche, nelle quali agiscono insieme esseri mortali e immortali, eroi e semidèi, animali più o meno immaginari, esseri dall'aspetto in parte umano in parte animale, forze della natura personificate.

Ma i miti non sono semplici favole: sono racconti tradizionali (*mythos* significa appunto "parola", "racconto"), trasmessi in origine oralmente e sedimentati nella memoria collettiva, ai quali era affidata una funzione culturale di fondamentale importanza. La ripetizione di questi racconti, infatti, contribuiva a creare e consolidare l'identità dei greci, trasmettendo l'insieme delle credenze, dei riti, delle istituzioni religiose e sociali che costituiva il loro patrimonio culturale.

Il mito, inoltre, non era una narrazione fissa e immutabile: al contrario esso poteva cambiare ogni volta che veniva raccontato. Il mito era racconto e creazione. E poiché ciascun poeta poteva modificarlo e lo modificava come credeva, dello stesso mito esistevano (e ci sono giunte) numerose versioni, che a volte si discostano solo nei particolari, a volte sono radicalmente diverse, talvolta addirittura contrastanti fra loro.

Nel seguire le tracce dei miti che più ci interessavano ho scelto, qui, la via di combinare versioni e tradizioni diverse: l'ho detto, questo non è un libro per specialisti. Non solo il mito, dunque, è stato esposto senza appesantimento di notazioni critiche e di altre – chiamiamole così – sottigliezze filologiche. Anche le altre fonti sono state utilizzate in modo "colloquiale": dall'epica omerica alla lirica, dai testi filosofici a quelli dell'oratoria giudiziaria. Per la prima volta dopo una strenua resistenza interna (le abitudini sono difficili a vincere) ho scritto un libro "senza note". Il pubblico cui è diretto non ne prova il bisogno. Il che non mi impedisce di sperare che, chi lo leggerà, al termine della lettura senta il desiderio di conoscere meglio i nostri antenati. Se così sarà, vorrà dire che avrò raggiunto l'obiettivo che mi prefiggevo.

IL DIO DELL'AMORE

L'amore. Cominciamo da qui, parliamo d'amore. Ma per farlo dobbiamo ricordare che anche i sentimenti hanno una storia. Tutto cambia nel tempo, persino questo sentimento che una retorica tanto facile quanto ingannevole ci spinge a considerare immutabile. Dimentichiamo allora la concezione romantica e cerchiamo di capire che cos'era l'amore per i greci, cerchiamo, addentrandoci in un mondo lontano, di cogliere i diversi volti di quell'amore.

Innanzitutto, per i greci l'amore era un dio di nome Eros. Un dio armato, che con il proprio arco scoccava frecce spesso mortali. Chi ne veniva colpito non aveva scampo: si innamorava. Ma Eros non era solo sentimento, era anche desiderio sessuale. Due volti dell'amore, questi (sentimento e sessualità), che erano spesso, per non dire abitualmente, due momenti separati dell'esperienza.

Nel matrimonio, per intenderci, Eros era presente solo per consentire che l'unione raggiungesse il suo scopo, vale a dire la procreazione di figli legittimi, futuri nuovi cittadini. L'amore dei sensi, l'*amour passion*, veniva sperimentato in rapporti diversi, come del resto dimostrano in modo inequivocabile le origini di Eros, nato – non a caso – da una relazione extraconiugale di Afrodite, la dea simbolo della bellezza e dell'amore, che univa alla perfezione celeste le debolezze dei mortali.

Stato di famiglia: una madre trasgressiva

Che l'amore di cui Afrodite era il simbolo fosse anche, e forse soprattutto, quello sessuale, emerge in modo evidente sin dalle circostanze della sua nascita, a dir poco singolari. Naturalmente, come spesso accade, il mito non dà una sola genealogia. A volte, ad esempio, Afrodite è figlia di Zeus. Ma la versione più interessante della sua nascita è un'altra.

Afrodite apparve un giorno agli occhi attoniti dei mortali, che mai avevano visto tanta bellezza, sorgendo dalla spuma del mare, formatasi quando Crono, futuro padre degli dèi, aveva reciso i genitali del proprio padre Urano e li aveva scagliati fra le onde. Uno dei non rari casi, questo, di rapporti difficili tra padre e figlio, nel mito greco: Crono stesso del resto, per limitarci a un esempio, sarà a sua volta spodestato dal figlio Zeus. Ma questa è un'altra storia, sulla quale torneremo più avanti (quando racconteremo di alcuni modi strani di venire al mondo). Quel che ci interessa, ora, è il legame congenito di Afrodite con l'erotismo. Perché sorprendersi, così stando le cose, se le avventure amorose della nostra dea sono innumerevoli e la sua attività sessuale intensissima? Sotto questo punto di vista, Afrodite è molto diversa dalle altre dee. Alcune di queste sono vergini intemerate: come Atena, la dea della guerra e dell'intelligenza, o Artemide, la dea della caccia e dei boschi; altre sono mogli per così dire tradizionali, che a volte accettano, ignorandoli, i tradimenti del coniuge, e a volte invece non li tollerano: Era, la moglie di Zeus, è gelosissima, bisogna dire non senza ragione; ogni occasione è buona, per il marito, per concedersi una scappatella.

Ma, ripicche e ritorsioni a parte, le dee sono in genere fedeli ai consorti. Salvo Afrodite. Vero è che suo marito, dal punto di vista estetico, lasciava piuttosto a desiderare. Per ragioni che non ci è dato conoscere, Zeus aveva voluto che la dea sposasse Efesto, figlio suo e di Era, ed Efesto oltre che brutto era anche sciancato: un giorno, infatti, durante una delle frequenti e tempestose liti con la moglie, Zeus lo aveva scagliato giù dall'Olimpo, azzoppandolo irrimediabilmente. Chissà, forse la splendida dea gli era stata data in moglie come forma di risarcimento. Solo un'ipotesi, certo: quel che è sicuro invece è che il numero degli amanti di Afrodite è degno di tutto rispetto: Adone, Anchise, Ares, Dioniso, Ermes, Poseidone, secondo alcuni lo stesso Zeus... Ma il preferito è senza dubbio Ares, il dio della guerra.

Adulterio sull'Olimpo

Lo sapevano tutti, sull'Olimpo, che appena Efesto voltava le spalle Afrodite ne approfittava per appartarsi con Ares. E ne ebbero la plateale conferma quando furono testimoni di un episodio che i greci continuavano a commentare, e che era per loro inesauribile fonte di divertimento, quello stesso episodio che oggi possiamo leggere nell'*Odissea*.

Un giorno, narra Omero, Elios, il Sole che tutto vede, rivela a Efesto il tradimento della moglie. Pazzo di rabbia, Efesto decide che gli adulteri non la passeranno liscia: devono essere colti in flagrante, svergognati davanti a tutti... Ma come fare? Niente di più semplice per lui, il fabbro divino. Costruita una rete sottile come la tela di un ragno, invisibile ma robustissima, la stende attorno al talamo: chiunque vi entrerà rimarrà imprigionato. Cara, dice quindi alla moglie, devo allontanarmi da casa per qualche giorno... Ares, che non aspettava altro, si presenta senza indugi all'innamorata. Stendiamoci nel letto, le propone. Afrodite non si lascia certo pregare, e la trappola scatta: prima che gli amanti abbiano il tempo di raccapezzarsi si ritrovano inestricabilmente avviluppati.

Ed ecco che Efesto, avvertito dal Sole, torna a casa e assiste a uno spettacolo tragico per lui, ma esilarante per gli dèi, da lui stesso convocati a gran voce perché fossero testimoni del tradimento:

Ma guardate come fanno all'amore quei due,
saliti sopra il mio letto... Scoppio di rabbia a vederli.
Ora però non vorrebbero, penso, più neppure un minuto,
giacere insieme, per molto che s'amino: sì, non vorranno
dormir più insieme, ma li terrà la catena, la trappola,
finché tutti mi renda il padre i doni di nozze
quanti ho dovuto pagarne per questa sposa senza pudore.

Idea non molto felice, in verità, quella di cercare la solidarietà degli altri dèi: di fronte allo spettacolo gli immortali scoppiano a ridere senza freno. Ridono fragorosamente, scambiandosi battute non esattamente delicate, si danno di gomito, fanno pesanti commenti sulle grazie di Afrodite, si dichiarano pronti a farsi incatenare anche loro, pur di godere dei suoi favori. Una scena da bar, diremmo oggi.

Finalmente, dopo qualche tempo, l'ordine viene ristabilito e l'incresciosa situazione almeno momentaneamente risolta. Poseidone, il dio del mare, promette a Efesto che Ares gli pagherà il riscatto: a quei tempi chi subiva un'offesa poteva rinunciare a vendicarsi, senza per questo perdere l'onore, solo se chi lo aveva offeso dimostrava di temerlo abbastanza da offrirgli un riscatto – in beni o in danaro – commisurato all'oltraggio inflitto. Efesto sulle prime resiste, non si fida di Ares, teme che non mantenga l'impegno. Ma interviene nuovamente Poseidone: se Ares non pagherà, dice, pagherò io il riscatto: la prima promessa di garanzia della storia occidentale. Quanto ad Afrodite, Efesto dichiara di volerla rimandare da suo padre, che dovrà restituirgli i doni di nozze. Allora infatti la dote non esisteva, era il futuro sposo a offrire danaro al padre della sposa per ottenerla in moglie.

Divorzio, dunque, e restituzione al marito dei doni nuziali: le sanzioni, nel caso specifico, si fermano a questo. Se la vicenda si fosse svolta tra comuni mortali, Ares, e forse anche Afrodite, avrebbero rischiato la vita. Ma nell'Olimpo, tra immortali, le cose andavano diversamente.

Incidente chiuso, dunque, e pacificazione generale: ma Efesto non aveva tutti i torti a diffidare di Ares. L'essere stato sorpreso in flagrante, l'essere stato visto – lui, il dio della guerra – in un'imbarazzante posizione di debolezza, l'essere stato costretto a pagare un riscatto non hanno alcun effetto deterrente. La storia continua, allietata dalla nascita di Eros: il figlio della colpa.

Il fiume innamorato: Eros non ha regole

Perché aspettarsi allora che Eros, frutto di questo amore, nel momento in cui scagliava le sue frecce si preoccupasse delle conseguenze?

Eros non conosceva regole. Non che queste regole non esistessero, per i mortali. Al contrario, esistevano ed erano rigidissime: per limitarci al comportamento sessuale femminile, alle donne nubili, ad esempio, si chiedeva una rigorosa castità, e alle coniugate una non meno rigorosa fedeltà. Ma Eros non se ne curava e faceva nascere l'amore, indifferentemente, fra esseri mortali, dèi, figure semiumane, animali, uomini, donne... persino i fiumi si innamoravano, o le sorgenti. Non necessariamente gli uni delle altre, per carità: una donna poteva innamorarsi di un fiume, una sorgente di un bel ragazzo. Persino la Luna poteva innamorarsi. Per non parlare di Zeus, il padre degli dèi, che si invaghiva periodicamente e con preoccupante ripetitività non solo di altre dee, ma anche (e spesso) di ninfe, regine e comuni donne mortali. E per unirsi a loro si trasformava negli animali più disparati, dal toro al cigno.

Le storie di questo tipo sono infinite, e i greci le consideravano assolutamente normali. Come, ad esempio, per iniziare dai fiumi, quella di una donna di nome Tiro, moglie di Creteo: perdutamente innamorata di Enipeo, il più bello tra i corsi d'acqua della Grecia, Tiro andava ogni giorno a stendersi sulle sue rive, fino a che Poseidone non decise di approfittarne e, prese le sembianze di una grande onda, la ricoprì e la fecondò.

A volte erano invece i fiumi a innamorarsi, e a compiere imprese mirabolanti per soddisfare il loro amore. Alfeo, ad esempio, un bel fiume che traversava l'Elide, nel Peloponneso, si era innamorato della ninfa Aretusa, che era andata a bagnarsi nelle sue acque. Preso da subitanea passione, che cosa fa Alfeo, al fine di possederla? Per cominciare, si trasforma in cacciatore e la insegue per i boschi sino a quando, stremata, Aretusa supplica Artemide di salvarla. E Artemide la tramuta in una sorgente. Alfeo allora, ritornato fiume, cerca di mescolare le proprie acque alle sue. Ed ecco un nuovo intervento di Artemide, questa volta risolutivo: attraverso un canale che scorre sotto il Mediterraneo, Aretusa viene trasportata sino alla costa orientale della Sicilia per riemergere nell'isola di Ortigia, di fronte a Siracusa (ove continua a vivere, dicono le leggende locali, in una bellissima sorgente vicino alla costa). Ma Alfeo non si arrende ancora. Se non può avere Aretusa, non si allontanerà mai più da lei. Scavandosi un canale sottomarino, traversa a sua volta il Mediterraneo e riemerge a pochi metri dal litorale siciliano, in un luogo dove ancor oggi le acque del mare sono stranamente dolci e dove le bolle che salgono in superficie mostrano il punto dal quale Alfeo continua a godere della vista del suo grande, non corrisposto amore.

Meno infelice, per fortuna, un'altra storia d'amore "eterogenea", quella fra il bellissimo fanciullo Endimione e Selene, la Luna, che i greci rappresentavano come una giovane donna di straordinaria bellezza che ogni notte percorreva il cielo su un carro d'argento trainato da due cavalli. Notoriamente, Selene aveva avuto un certo numero di avventure: tanto per non smentirsi, Zeus l'aveva corteggiata, e si diceva avesse avuto un figlio da lei; in Arcadia erano celebri i suoi amori con Pan, il dio dei pastori e delle mandrie. Ma, quantomeno a giudicare dalla prole, l'amante preferito fu Endimione, che a Selene diede ben cinquanta figli.

Di chi fosse figlio Endimione non è certo. Per lo stato civile era nato da Etlio e Calice, figlia di Eolo, ma alcuni sostenevano che il vero padre non era Etlio, ma Zeus. Quand'anche la diceria fosse stata vera, comunque, Endimione non era immortale; ma lo divenne: quando la Luna si innamorò di lui, infatti, Zeus, per intercessione di lei, promise di esaudire un suo desiderio. Ed Endimione chiese di dormire eternamente, evitando la morte e rimanendo giovane per sempre. Come si siano svolti esattamente i suoi amori con la Luna, e, soprattutto, come e quando la abbia resa madre per ben cinquanta volte non è facile capire... Ma da un mito così romantico non è possibile pretendere una logica ferrea. Accontentiamoci di questa bella storia, e della constatazione che le frecce di Eros non rispettano regole. Non a caso la mitologia greca annovera fra i propri personaggi esseri come le Sirene, volto di donna e corpo di uccelli (attenzione, le Sirene-pesci non sono greche: nascono più tardi, in età medievale); i Satiri, parte superiore del corpo umana e inferiore caprina; la Sfinge, volto umano e corpo leonino; i Centauri, corpo equino e busto umano...

Inteso come forza divina, Eros non conosce limiti. Le storie che racconteremo lo dimostrano senza possibilità di dubbio. A cominciare da quella, alla quale il nostro continente deve il nome, tra Europa e Zeus, che assunse per l'occasione le sembianze di un toro.

TORI, DONNE E LABIRINTI

Amori cretesi

Zeus ~ Europa

Minosse ~ Pasifae, figlia del Sole

Minotauro
(nato da Pasifae e il Toro,
poi rinchiuso nel labirinto)

Arianna ~ Teseo, figlio di Egeo

Fedra ~ Teseo, figlio di Egeo

Europa e il toro

All'origine di una serie di avventurosi, travagliati, funestissimi amori c'è la divorante passione di Zeus per una ragazza di nome Europa.

Figlia del re fenicio Agenore, la bellissima Europa trascorre una spensierata giovinezza nel regno paterno, sulle coste dell'Asia Minore, fino a che un evento prodigioso non le sconvolge la vita. Europa sta giocando sulla spiaggia di Sidone con un gruppo di amiche quando Zeus la vede. E, come spesso capita a Zeus, è amore a prima vista. La sorte della fanciulla è segnata.

Zeus appagava sempre le sue voglie, e per farlo ricorreva agli stratagemmi e alle metamorfosi più strani: in questo caso si trasforma in un meraviglioso toro bianco e, per quanto singolare possa apparire, il trucco funziona. Quando lo splendido animale va a stendersi ai piedi di Europa, la ragazza comincia a carezzare il suo morbido mantello immacolato, poi, affascinata dalla sua docilità, si azzarda ad abbracciarlo, infine gli sale in groppa. Zeus, che non aspetta altro, si rizza immediatamente sulle zampe e si tuffa nel mare. Terrorizzata, Europa teme per la propria vita. Ma i suoi timori, almeno da questo punto di vista, sono infondati: rivelando capacità natatorie insospettabili in un toro, Zeus fende le onde e nuota oltre Cipro e il Dodecaneso, fino a una spiaggia di Creta.

Il luogo è incantevole, non meno bello di quelli ai quali la fanciulla è stata sottratta. Il sole è a picco, ma non lontano di lì si stendono i rami di un platano secolare, sotto la cui ombra Zeus appaga finalmente il desiderio che gli ha fatto traversare il mare. Quindi, per ringraziare l'albero che ha offerto riparo ai suoi amplessi, gli concede il privilegio di non perdere mai le foglie (ecco perché il *platanus orientalis*, come i botanici chiamano la varietà mediterranea, è l'unico tipo di platano sempreverde), e il dono di rendere feconde le giovani spose che dormiranno sotto i suoi rami. Ancora oggi i cretesi attribuiscono questo potere a un lontanissimo erede del platano originario, che si trova nel perimetro degli scavi dell'antica città di Gortina, e raccontano che sino a pochi anni or sono succedeva talvolta, al mattino, di trovare giovani donne addormentate alla sua ombra.

Ma torniamo a Europa: come sempre accadeva, l'unione con Zeus è feconda, ed Europa genera Minosse, futuro re di Creta e protagonista, insieme alla sua discendenza, di alcune tra le storie d'amore più infelici e sciagurate della mitologia greca.

Pasifae e il Minotauro

Nella vita di Minosse il toro ebbe un ruolo tutt'altro che secondario, non solo per le mirabolanti vicende che portarono alla sua nascita, ma anche per quelle, se possibile ancor più incredibili, di cui fu protagonista sua moglie Pasifae.

Figlia del Sole, Pasifae, come tutta la progenie solare, è destinata a una vita di trasgressioni inaccettabili: se infatti era normale che un dio assumesse forma animale per soddisfare i propri desideri – come dimostra il ratto di Europa – non era affatto normale che una donna si accoppiasse con un animale. E proprio questo fece Pasifae.

Per avere conferma divina del suo potere regale, Minosse aveva chiesto agli dèi di far emergere dai flutti del mare un toro, impegnandosi a sacrificarlo a Poseidone. Ed ecco il toro apparire, bianco, imponente, bellissimo; così bello che Minosse decide di tenerlo per sé e di sacrificare qualcos'altro al suo posto. Errore gravissimo. Poseidone, infuriato, giura vendetta. E si vendica nel più crudele dei modi, facendo sì che Pasifae si innamori del toro. È una passione incontrollabile, sciagurata: Pasifae vuole essere posseduta dall'animale e chiede aiuto a Dedalo, celebre e ingegnosissimo architetto-artigiano. Per la regina letteralmente folle d'amore, Dedalo costruisce una mucca artificiale e Pasifae, nascondendosi al suo interno, riesce a soddisfare le proprie voglie. Ahimè, con conseguenze funeste: dall'improbabile unione nasce il Minotauro, spaventoso essere dal corpo umano e dalla testa taurina.

Stranamente Minosse non fa nulla per eliminare la mostruosa creatura: fatto sorprendente – bisogna dire – in un mondo in cui sbarazzarsi dei figli indesiderati era pratica normalissima, anche tra i mortali. Ma tant'è: forse il re temeva di suscitare nuovamente l'ira di Poseidone, di cui aveva sperimentato le conseguenze... E così il mostro viene mantenuto in vita, ben rinchiuso in un edificio appositamente costruito dal solito Dedalo, in modo tale che chi vi entra non riesca più a uscirne: il celebre labirinto.

La presenza del Minotauro crea comunque un problema, e non da poco: il solo cibo che il mostro gradisce è la carne umana. Carne tenera, naturalmente, carne giovane. Come fare? Dargli in pasto la gioventù cretese è impensabile. Per risolvere il problema Minosse impone agli ateniesi di inviare ogni nove anni sette fanciulli e sette fanciulle. E gli ateniesi obbediscono, sino al giorno in cui Teseo, figlio di Egeo, re di Atene, si reca a Creta deciso a liberare la sua città dal terribile tributo di sangue.

Secondo alcune versioni del mito, Teseo si offre di partire tra le vittime, secondo un'altra è Minosse a chiedere che egli faccia parte della spedizione, promettendo che, se ucciderà il Minotauro, Atene sarà esentata dal tributo. Quel che è certo è che Teseo salpa alla volta dell'isola. E qui ha inizio un'altra storia d'amore, quella tra l'eroe ateniese e Arianna, una delle figlie di Minosse e Pasifae.

Intermezzo romano

Il tema della figlia del re che si innamora dello straniero e per amor suo tradisce padre e patria è ricorrente nei miti: Medea – lo vedremo più avanti – ne è uno dei più celebri esempi in Grecia. Ma episodi analoghi esistono anche a Roma, dove l'eroina traditrice per amore è Tarpea, figlia di Spurio Tarpeo, il guardiano del Campidoglio. Recatasi un giorno ad attingere acqua a una fonte fuori le mura, Tarpea vede dall'alto il giovane Tito Tazio, re dei sabini, che assediava il Campidoglio, e se ne innamora.

Era bello, Tito Tazio, i suoi biondi capelli rilucevano al sole come gli splendidi monili d'oro che portava al braccio sinistro. Presa, oltre che da grande amore, da femminilissimo desiderio dei gioielli, Tarpea se li fa promettere aprendo in cambio le porte della cittadella al nemico. Ma il fedifrago Tito Tazio, ottenuto quello che voleva, dà ordine ai suoi soldati di scagliare contro la ragazza gli scudi che "indossavano", al pari dei bracciali, al braccio sinistro. Così muore Tarpea, questo è il prezzo del suo tradimento. Per questa ragione la ragazza viene trasformata in tartaruga. E perché il suo tradimento non fosse dimenticato, la rupe dalla quale venivano precipitati i traditori prese il suo nome.

Nella serie degli inconsueti e tragici amori cretesi, la principessa che si innamora perdutamente dello straniero è Arianna, che decide di salvare la vita a Teseo. Ma come? Ancora una volta è Dedalo a risolvere la situazione; avendo costruito il labirinto, sa bene che Teseo non potrà mai uscirne con le sue sole forze e suggerisce ad Arianna un celebre stratagemma: la fanciulla consegna a Teseo un gomitolo di filo che questi dovrà svolgere man mano che si inoltrerà nei meandri della costruzione. Una volta ucciso il Minotauro, per ritrovare la via dell'uscita e aver salva la vita non avrà che da riavvolgerlo.

Quando Teseo esce vittorioso dal labirinto brandendo la testa del mostro, la collera di Minosse scoppia terribile, e ad Arianna non resta che la fuga. Beninteso, Arianna non aspetta altro: innamorata alla follia di Teseo, non intende certo lasciarselo scappare; imbarcatasi con lui, abbandona Creta alla volta di Atene. Ma ad Atene non giungerà mai. Quando la nave fa scalo all'isola di Nasso, mentre Arianna dorme Teseo alza le vele e abbandona isola e amante. Piantata in asso, si dice oggi.

Ma perché Teseo si comporta così vilmente? Secondo alcuni perché – innamorato di un'altra donna – si è servito di Arianna solo per raggiungere i suoi scopi; secondo altri perché costretto a lasciare il campo libero a Dioniso, a sua volta innamorato di Arianna. Una versione, questa, che sembra confermata dal racconto di quanto accade a Teseo dopo la fuga.

Il dolore per aver perduto Arianna è tale da fargli dimenticare una promessa fatta al padre. Al momento della partenza Egeo gli aveva consegnato due giochi di vele, uno nero e uno bianco; quello nero sarebbe servito per il triste viaggio verso Creta, quello bianco – issato al ritorno, se l'impresa avesse avuto successo – avrebbe segnalato al re, da lontano, la salvezza del figlio e la liberazione della città. Ma Teseo dimentica di cambiare le vele, ed Egeo, disperato, si getta nel mare che oggi chiamiamo col suo nome.

Ma che ne è di Arianna? Quando si risveglia, la nave di Teseo è ormai lontana, l'isola è deserta. La fanciulla è sola, ma non per molto. Un giorno ai suoi occhi appare uno spettacolo insolito e abbacinante: il corteo del dio Dioniso, che incede su un carro trainato da pantere, accompagnato come sempre da canti e danze. Dioniso è il dio del vino, dell'ebbrezza, del piacere dei sensi, il dio che ama le donne e ne è riamato. Come sappiamo, aveva visto Arianna e se ne era innamorato; e Arianna, appena lo vede, ricambia il suo amore.

Una nuova storia, finalmente, forse, a lieto fine: una versione romantica, infatti, racconta che i due si sposano, che Dioniso porta Arianna con sé sull'Olimpo e che come dono di nozze le offre un diadema d'oro, opera di Efesto. Un diadema così bello che un giorno diventerà una costellazione, la Corona Boreale.

Accanto alla storia matrimoniale di Arianna e Dioniso, esiste una versione diversa della loro vicenda, secondo la quale Arianna era stata uccisa da Artemide per ordine di Dioniso. E anche se crudele, questa seconda versione sembra più intonata alla sorte delle fanciulle che per amore tradivano patria e famiglia, nonché all'infelice destino delle figlie di Pasifae.

Intermezzo stellare

Apriamo una breve parentesi: sono più d'una le costellazioni legate agli amori di un dio e una donna mortale. Oltre alla Corona Boreale, l'Orsa Maggiore, ad esempio, Arturo, il Toro...

L'Orsa Maggiore. C'era una volta una ninfa, Callisto (la Bellissima), seguace di Artemide. Come la dea, Callisto aveva fatto voto di castità e fuggiva gli uomini. Ma un giorno Zeus, vedendola mentre riposava nei boschi, viene colto dal solito, irrefrenabile desiderio, e per unirsi a lei prende le sembianze di Artemide (altri, ma erano in minoranza, dicevano che si era presentato a lei sotto le sembianze di Apollo, fra-

tello di Artemide). Superfluo dire che dopo l'incontro con Zeus Callisto si ritrova incinta. La povera ninfa è terrorizzata all'idea che Artemide si accorga del suo stato, come puntualmente avviene quando la dea la sorprende mentre fa il bagno: poiché Callisto è venuta meno al voto, è indegna di essere una sua seguace; non contenta di scacciarla, la trasforma in un'orsa.
Come se l'ira di Artemide non bastasse, poi, Era scopre il tradimento del marito e, come al solito, invece di prendersela con lui se la prende con l'incolpevole vittima, convincendo Artemide a trafiggere Callisto con una delle sue frecce. E a questo punto Zeus, finalmente mosso a compassione della ninfa, le dona l'eternità trasformandola nella costellazione dell'Orsa Maggiore.
Arturo. Arcas, il figlio di Zeus e Callisto, viene affidato a Maia, madre di Ermes, che lo alleva. Un giorno, quando ha ormai raggiunto l'età matura, nel corso di una battuta di caccia Arcas si imbatte in un'orsa, che altri non è che sua madre. L'orsa fugge e Arcas la insegue penetrando nel recinto del tempio di Zeus Liceo, ove era proibito entrare, pena la morte. Zeus, che ben conosce lo sventurato giovane, ne è così impietosito che decide di salvarlo trasformandolo nella costellazione di Arturo (da *arctos,* in greco "orso"): la costellazione che, non a caso, nel cielo segue eternamente l'Orsa Maggiore.
Il Toro. In qualche modo, bisogna dire, Zeus si sforzava di porre rimedio ai danni provocati dalla sua incontinenza sessuale: oltre a Callisto, infatti, tramuta in costellazione anche Io, principessa argiva e sacerdotessa di Era. Alla fanciulla era stato ordinato, in sogno, di andare sulle rive di un lago per congiungersi a Zeus. Io, da figlia rispettosa, racconta il sogno al padre che, per decidere il da farsi, interroga gli oracoli: ben due per l'occasione, quello di Dodona e quello di Delfi. Il responso è unanime. Se Io non accondiscenderà al desiderio divino l'intero casato perirà, colpito dai fulmini (Zeus, non dimentichiamolo, era il dio che manovrava le folgori).

L'amplesso si consuma; come da copione Era se ne accorge e Zeus, per sottrarre Io alle rappresaglie della moglie, la trasforma in una bianca giovenca, così bella che è costretto a giurare di non aver mai avuto rapporti con lei. Evidentemente poco convinta, Era pretende che la giovenca le venga consacrata, e la affida a un guardiano implacabile, Argo dai cento occhi. La povera Io vaga per il mondo, sempre custodita da Argo e raggiunta di quando in quando da Zeus, che per l'occasione assume forma di toro. Finalmente un giorno, vinto dalla pena per la misera sorte dell'amante, Zeus uccide Argo. Ma in sostituzione di Argo la spietata Era manda un tafano, così molesto da rendere quasi folle la povera Io, che vaga in cerca di requie lungo le coste del golfo (che da lei prese il nome di Ionico); traversa il mare, raggiunge lo stretto che separa l'Europa dall'Asia (che da lei prese il nome di Bosforo, "passaggio della giovenca"); e finalmente, giunta in Egitto, riprende forma umana dopo aver dato alla luce un figlio. Quando Io muore, il padre degli dèi, riconoscente, la trasforma in costellazione.

Fedra e Ippolito

Come la sorella Arianna anche Fedra è vittima di un amore sbagliato, che ancora una volta legherà Teseo alle sventurate principesse cretesi.

Conclusa bruscamente la relazione con Arianna, si racconta, Teseo sposa infatti Fedra (evidentemente le figlie della peccaminosa Pasifae esercitano un'attrazione particolare su di lui). Ma, per volere di Afrodite, il matrimonio è destinato a una tragica fine: Fedra si innamorerà del figliastro Ippolito. Afrodite non ama le principesse cretesi: forse, perché discendono dal Sole, che facendo la spia è stato causa della sua disavventura coniugale. E non ama neppure Ippolito, il figlio che Teseo ha avuto da una relazione con Antiope, una delle Amazzoni: il figliastro di Fedra, dunque. Questo Ippolito, agli occhi di Afrodite, è un essere assolutamente insopportabile. E le ragioni non sono difficili da capire.

Bello, giovane e attraente, Ippolito, a differenza dei suoi coetanei, si disinteressa della vita sociale e politica. Ama solo la caccia, i boschi e Artemide, la dea vergine che abita gli spazi ai confini della vita civile; e, pur essendo giunto all'età matrimoniale, rifiuta pervicacemente di sposarsi. Niente di strano, considerate le sue origini: come potrebbe amare la vita coniugale il figlio di un'Amazzone, il discendente di una tribù di ferocissime guerriere i cui costumi sono esattamente l'opposto di quelli greci? Le Amazzoni vivevano senza uomini agli estremi confini del Nord; per accoppiarsi si servivano dei prigionieri di guerra, per poi ucciderli o tenerli come schiavi per i lavori pesanti. Se partorivano figli maschi li eliminavano (secondo alcuni si limitavano ad accecarli o ad azzopparli), mentre alle femmine tagliavano un seno, perché non fosse d'impaccio nel manovrare l'arco o la lancia (di qui il nome *a-mazon*, "senza seno").

Nulla di strano, dunque, che Ippolito sia diverso, e che Afrodite lo detesti: come potrebbe la dea dell'amore sopportare il casto seguace di Artemide? Inevitabile che non veda l'ora di infliggergli una punizione, e l'occasione giunge quando Fedra incontra il figliastro: quale momento migliore per punire entrambi? Fedra si innamorerà di Ippolito.

Secondo Euripide

Quel che accade quando Fedra si innamora di Ippolito è noto grazie a Euripide, il grande tragediografo del V secolo a.C. Nella tragedia intitolata *Ippolito*, Fedra – che è la vera protagonista – si strugge di desiderio in silenzio, rifiuta da giorni il cibo, desidera solo morire. Teseo è lontano, accanto a Fedra sta la vecchia, fedele nutrice, preoccupata, spaventata, incapace di comprendere quel che accade alla sua padrona. Fedra vaneggia, delira, chiede di essere portata nei boschi, vuole darsi alla caccia, onorare Artemide... La nutrice cerca di farle riprendere l'uso della ragione, chiede, insiste per conoscere le cause del male: alla fine la regina cede e confessa il suo desiderio colpevole. La nutrice inorridisce, ma sull'orrore prevale l'amore per la padrona: se tu fossi in te, le dice, ti parlerei diversamente; ma sei preda di un amore invincibile, e devi salvarti. Io conosco filtri, pozioni magiche, so come soccorrerti. Fedra non immagina certo che, per aiutarla, la nutrice non troverà di meglio che rivelare a Ippolito il suo amore.

La tragedia precipita: il virtuoso Ippolito, sconvolto dalla rivelazione, inveisce contro Fedra, maledicendo l'intero genere femminile:

Zeus, perché hai messo tra gli uomini un ambiguo malanno, portando le donne alla luce del sole? Se proprio volevi seminare la stirpe dei mortali, non dovevi farla nascere dalle donne. Meglio sarebbe stato, per gli uomini, poter comprare il seme dei figli, depositando in cambio nei tuoi templi oro, ferro o bronzo [...], e poter vivere senza donne in libere case [...] Ora, invece, per portarci in casa questo malanno, consumiamo la ricchezza della casa [...] Possiate perire! Non sarò mai sazio di esecrare le donne [...] sono sempre scellerate.

L'invettiva di Ippolito contro le donne è il documento impressionante di una misoginia condivisa quantomeno da una parte dei greci. Ma torniamo a Fedra. Ormai il suo segreto è scoperto, Ippolito la denuncerà, tutti conosceranno la sua vergogna. Ora tocca a lei trovare una soluzione: la morte, certamente; ma non basta, bisogna salvare l'onore. Prima di impiccarsi Fedra traccia su una tavoletta parole terribili, accusando Ippolito di averla violentata. Teseo torna, trova il cadavere della moglie, legge la tavoletta fatale. La disperata difesa del figlio è inutile; Teseo non crede alle sue parole. Ippolito viene bandito, deve lasciare la patria immediatamente. Mentre il suo carro costeggia una spiaggia, dal mare si alza un'onda enorme da cui esce muggendo un toro selvaggio: le cavalle si imbizzarriscono, Ippolito, pur abilissimo guidatore, perde il controllo, il carro si rovescia e lo travolge. Nel frattempo Artemide è apparsa a Teseo, raccontandogli la verità. Quando Ippolito viene riportato a palazzo trova il padre sconvolto, quasi fuori di senno: ha perso la moglie, il figlio muore per sua colpa, la sua vita è finita. La tragedia si chiude con Ippolito che spira tra le braccia di Teseo, disperato.

Così in Euripide. Ma Fedra era un personaggio inevitabilmente destinato alle rivisitazioni. A Roma Seneca scrive la sua *Fedra* (ora protagonista anche nel titolo), una Fedra che muore dopo Ippolito, uccidendosi alla vista del cadavere di lui, dopo averlo scagionato confessando la propria menzogna. Sulla stessa linea la *Fedra* di Racine (1677); e all'inizio del XX secolo (1903) ecco una Fedra tipicamente "dannunziana", eroina violenta e selvaggia, dalle passioni sanguinarie: ma sempre e comunque, come nelle rivisitazioni precedenti, il vero, grande personaggio della tragedia; una donna la cui statura si erge altissima, in contrapposizione alla pochezza del povero, debole, insicuro Ippolito.

Mito e realtà

Sono destinati tutti a una fine tragica gli amori delle esponenti della famiglia reale cretese. Certo, sono amori a dir poco trasgressivi: bestiale quello di Pasifae; causa di imperdonabile tradimento quello di Arianna; adulterino e incestuoso quello di Fedra. Eros è un dio senza regole: ma quel che è consentito agli dèi non è consentito ai mortali. Vero è che gli dèi si comportano come i mortali: non sono perfetti gli dèi greci, tutt'altro: amano, tradiscono, si ingannano. Le loro motivazioni non sempre sono nobili. Ma il fatto che si comportino come gli uomini non autorizza gli uomini a comportarsi come loro. I mortali devono rispettare regole ben precise, e tra queste – come abbiamo già detto – sta l'obbligo di castità per le donne non coniugate e quello di fedeltà per quelle coniugate. Non a caso la regolamentazione del comportamento sessuale femminile è tra le prime preoccupazioni dei legislatori greci. Il mito, quando racconta storie in cui queste regole vengono infrante, sembra quasi voler ricordare che la violazione delle leggi umane, quale ne sia la ragione, non porta bene a chi se ne rende colpevole.

Un'interpretazione razionalizzante dei miti cretesi, forse persino troppo. Per controbilanciarla ricordiamone un'altra: la maledizione che pesa sui personaggi che vantano ascendenze solari. Dotati di strani, temibilissimi poteri, sono capaci di oscure passioni, che li conducono a un tragico destino. Come dimostra la storia di un'altra discendente del Sole: Medea, colei alla quale è toccato in sorte rappresentare la più discussa delle madri.

MEDEA: VITTIMA O SERIAL KILLER?
Amori e imprese eroiche fra Oriente e Occidente

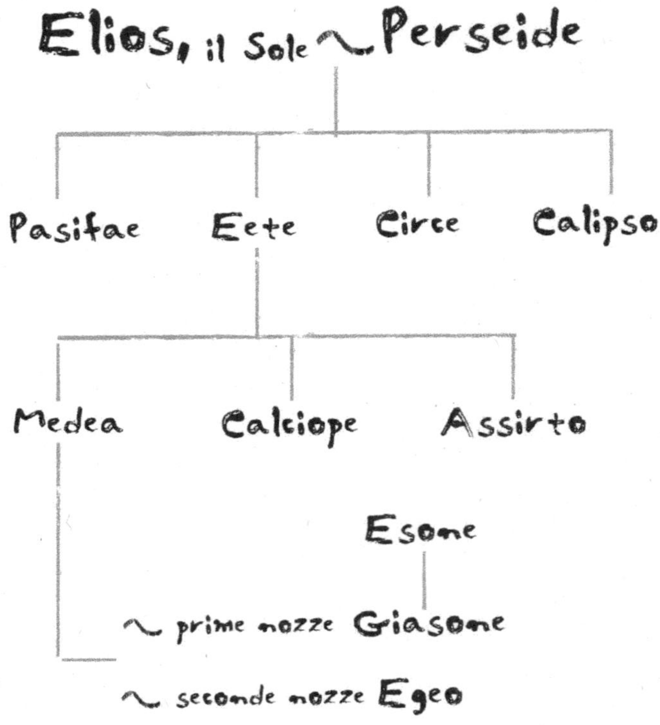
Elios, il Sole ~ Perseide
Pasifae
Eete
Circe
Calipso
Medea
Calciope
Assirto
Esone
~ prime nozze Giasone
~ seconde nozze Egeo

Antefatto: Giasone, gli Argonauti e il vello d'oro

Discendente di Eolo, dio dei venti, e figlio di Esone, re della città di Iolco, Giasone guidò una delle imprese mitiche più celebrate dell'antichità: la spedizione degli indimenticati Argonauti, che doveva riportare in Grecia, dalla lontanissima Colchide, il famoso "vello d'oro".

Ma Giasone era un eroe particolare: egli non aveva scelto di cimentarsi nella difficile impresa per spirito di avventura, per desiderio di conoscenza o di gloria. A partire, in realtà, era stato costretto. Mentre si trovava sul monte Pelio per essere allevato dal centauro Chirone (il centauro che aveva cresciuto Achille), il regno di suo padre Esone era stato usurpato dal fratellastro Pelia.

Quando, raggiunta la maturità, Giasone aveva fatto ritorno a Iolco, nessuno lo aveva riconosciuto. Era vestito in modo strano, coperto da una pelle di pantera, una lancia in ciascuna mano e il piede sinistro scalzo. Un particolare, quest'ultimo, che aveva insospettito Pelia: pur senza riconoscerlo, aveva intuito che doveva guardarsene perché un oracolo gli aveva detto di temere l'uomo con un solo calzare. E ben presto i suoi timori si erano dimostrati fondati. Alcuni giorni dopo lo strano personaggio aveva chiesto udienza: era suo nipote Giasone, che reclamava il regno che gli spettava di diritto. Pelia, che non aveva alcuna intenzione di cederglielo, escogitò un piano per sbarazzarsi di lui: avrai il trono, gli disse, ma solo se riporterai in Grecia il vello d'oro.

Impresa quasi impossibile, non certo una sinecura. Si trattava di recuperare il vello (d'oro, per l'appunto) del prodigioso montone che tempo addietro aveva salvato due giovani da morte sicura, trasportandoli in Colchide. Un giorno Atamante, re di Coronea, in Beozia, convinto dalla sua seconda moglie, aveva deciso di sacrificare a Zeus i due figli di primo letto, Frisso ed Ellè (altro tema frequente nei miti, quello della seconda moglie che vuole liberarsi dei figli di primo letto). Ma ecco, proprio nel momento fatale, un evento miracoloso: un montone alato, dal vello d'oro, aveva rapito i due ragazzi strappandoli alla morte. Chi era stato il salvatore? Zeus stesso, mosso a compassione, dicevano alcuni; la madre dei ragazzi, Nephele, la Nuvola, dicevano altri. Fosse come fosse, il montone volò lontano, verso est. Ma il viaggio era lungo ed Ellè era precipitata e annegata nel mare che i Greci avrebbero chiamato Ellesponto ("mare di Elle", oggi Mar di Marmara). Frisso era arrivato sano e salvo in Colchide, dove il re Eete, figlio del Sole, lo aveva accolto benevolmente, così benevolmente da dargli in moglie la figlia Calciope. In cambio Frisso aveva sacrificato il montone a Zeus e ne aveva offerto il vello al re, che lo aveva consacrato ad Ares, lo aveva inchiodato a una catena nel bosco sacro del dio e aveva messo un drago a custodirlo.

Questo l'antefatto. Ed eccoci alla spedizione: all'incontro con Medea. A bordo della nave Argo, sulla quale sta il fiore degli eroi greci, i celebri Argonauti, Giasone parte e dopo infinite peripezie arriva in Colchide. Consapevole che il suo obiettivo non può essere raggiunto senza il consenso di Eete, cerca di convincerlo a donargli il vello. Il re, che ovviamente non ne ha alcuna intenzione, gli pone una condizione. Giasone dovrà fare quel che egli, Eete, fa ogni giorno: al mattino aggioga due tori dai piedi di bronzo, di sua proprietà, che spirano fuoco dalla bocca, poi li conduce in un campo e lo ara; nel solco così tracciato non semina grano, bensì i denti di un serpente, dai quali nascono giganti armati. Quindi a sera compie la mietitura, falciando i giganti mentre questi lo assalgono e tentano di ucciderlo. Tutto questo fa ogni giorno Eete, e tutto questo dovrà fare Giasone, se vuole il vello d'oro.

Superfluo a dirsi, l'impresa è impossibile: ed ecco intervenire Medea, una delle figlie di Eete.

Chi è davvero Medea?

Credono tutti di conoscerla, Medea: la donna che per vendicarsi di Giasone, l'uomo che l'ha tradita, uccide i due figli avuti da lui. Ma questo non è che uno dei volti di Medea, una delle storie che si raccontavano di lei. La più celebre, certamente: a tramandarcela è stato Euripide. Ma per cercare di conoscere Medea, e se possibile capirla, Euripide non basta. Bisogna partire da prima e da più lontano, dal paese in cui è nata e in cui vive sino al momento, per lei fatale, dell'incontro con Giasone. E bisogna anche cercare di capire che razza d'uomo era, questo Giasone.

Medea, dunque, non è greca. Fino all'arrivo della nave degli Argonauti vive tranquilla nel suo paese agli estremi confini del mondo civile, la Colchide, onorando la dea Ecate, di cui è sacerdotessa. Ma quando Giasone sbarca, il suo destino cambia. Medea si innamora. È preoccupata per lui, ha paura che muoia, vuole salvarlo a ogni costo. E sarebbe in grado di farlo, se lo decidesse; in quanto sacerdotessa di Ecate, dea della magia, legata al mondo delle Ombre, Medea conosce pozioni misteriose, ha poteri che potrebbe usare per consentire a Giasone di impadronirsi del vello. Medea però esita, non vuole tradire padre e patria. A prendere la difficile decisione la aiuta la sorella Calciope, i cui figli (recatisi in Grecia con il padre Frisso) erano ritornati in Colchide con gli Argonauti. "Aiuta Giasone," la supplica Calciope, "se lo farai salverai i miei figli." Dopo una difficile lotta interiore, dando ascolto al suo stesso, fortissimo desiderio, Medea acconsente e dà a Giasone un unguento che, spalmato sul corpo e sullo scudo, lo rende invulnerabile.

Il vello d'oro è conquistato, ma l'ira di Eete è terribile. Per salvarsi e per amore di Giasone Medea si imbarca con lui e abbandona la patria. È una persona nuova: se prima era timorosa, sempre incerta sul da farsi, tormentata all'idea di dover scegliere tra dovere e amore, dal momento in cui la decisione di salvare Giasone è presa, si trasforma in una donna dal carattere inflessibile capace, senza ripensamenti né rimorsi, di scelte terribili; una donna che non si ritrae neanche di fronte al delitto, neppure quando questo delitto è l'omicidio. Medea si trasforma in qualcosa di simile a quello che oggi chiameremmo un serial killer. Ma un serial killer uccide spinto da un'incontrollabile pulsione a uccidere. Medea no, Medea uccide per amore di Giasone.

Dalla nave che la porta lontano, Medea scorge lo scafo del padre Eete lanciato al suo inseguimento. Le navi del re sono veloci, gli Argonauti stanno per essere raggiunti, e Medea compie il suo primo delitto.

Assieme a sé, sulla nave Argo, Medea aveva portato il fratello Assirto. Lo uccide, lo smembra e getta i pezzi del cadavere in mare, costringendo Eete a fermare la corsa per raccoglierli uno a uno. Gli Argonauti riescono così a fuggire, e al termine di lunghe peripezie raggiungono Iolco. Durante la lunga assenza Esone è morto per mano di Pelia. Convinto che Giasone non avrebbe mai più fatto ritorno, e sicuro che l'omicidio sarebbe rimasto invendicato, Pelia aveva deciso di uccidere Esone. Questi gli aveva chiesto l'estrema grazia di scegliere come morire, e si era suicidato avvelenandosi con il sangue di un toro.

Su Giasone grava a questo punto un dovere sociale e morale: deve vendicare la morte del padre. Il compito toccherebbe a lui, non a Medea. Ma ormai la vita di Medea si identifica con quella del suo uomo: ama chi lui ama, odia chi lui odia, vuole quel che lui vuole. Tra le sue arti magiche c'è il potere di ringiovanire le persone, e le figlie di Pelia sono preoccupate per l'età avanzata del padre. Per dar prova dei suoi poteri, Medea mette a bollire in un calderone un vecchio montone, che ritorna agnello. Convinte dalla dimostrazione, le figlie di Pelia l'autorizzano a ripetere l'esperimento sul padre, che però, a differenza dell'ovino, muore atrocemente bollito. Giasone e Medea devono abbandonare Iolco, cercare rifugio in un luogo lontano. La città che li accoglie come esuli è Corinto.

Finale tragico

Dieci anni di convivenza matrimoniale, due figli, una vita serena... Poi Giasone tradisce e abbandona Medea per sposare la figlia di Creonte, re di Corinto. Della rivale di Medea Euripide non ci dice il nome; altrove viene chiamata Glauce, più raramente Creusa. Ma il nuovo matrimonio non è tutto: per volere di Creonte Medea e i suoi figli dovranno andarsene da Corinto. Facilmente intuibile, dunque, lo stato d'animo della donna quando Giasone, con incredibile spudoratezza, cerca di convincerla che sposerà Glauce non per il proprio bene, ma per quello di lei, Medea, e dei loro figli.

L'ho fatto per poter vivere con dignità e senza privazioni, sapendo bene che il povero è evitato da tutti, anche dagli amici; l'ho fatto per educare i miei figli in modo degno del mio nome e, generando dei fratelli ai figli che ho avuto da te, per metterli tutti nella stessa condizione; l'ho fatto per vivere felice dopo aver unito la famiglia.

Per Giasone la colpa dell'incresciosa situazione è solo di Medea: è lei che si ostina a non capire che la sua scelta è fatta nell'interesse suo e dei figli e che, come tutte le donne, pensa solo al "letto". Ed ecco il vecchio, già noto motivo: i mortali dovrebbero poter generare i figli in modo diverso, e la razza delle donne non dovrebbe esistere. Così non esisterebbe alcun male per gli uomini. Parole già sentite in bocca a Ippolito, ma che dette da Giasone suonano ancora più incredibili: Giasone ha avuto tutto da Medea, ma ha l'impudenza di negare:

Esalti troppo i tuoi meriti: io credo, invece, che soltanto Afrodite mi abbia salvato nella mia impresa. Tu sei intelligente, ma ti dispiace ammettere che Eros, con le sue frecce infallibili, ti ha costretto a salvare la mia vita.

Ma non basta ancora: non solo Medea non avrebbe fatto nulla per lui, sarebbe Giasone ad averla beneficata.

Comunque tu mi abbia aiutato, a me sta bene. Ma, in cambio della mia salvezza, hai ricevuto molto più di quanto tu non abbia dato, e te lo dimostrerò. Prima di tutto abiti in Grecia invece che in una terra barbara, conosci la giustizia, usi le leggi e non la forza bruta. Tutti i greci conoscono la tua sapienza e sei famosa. Se vivessi agli estremi confini della terra, nessuno parlerebbe di te.

Personaggio davvero intollerabile questo Giasone. Opportunista, falso, vigliacco. Medea ormai ha capito; sa quel che deve fare, e ordisce uno dei suoi piani; fa sapere a Giasone di essersi persuasa della bontà delle sue ragioni e gli chiede di supplicare Creonte, di chiedergli che almeno i bambini possano restare a Corinto. Credulone quanto vigliacco, Giasone non ha alcun sospetto: evidentemente, non ha proprio capito chi è Medea, quel che sente, quel che pensa, quel che è capace di fare.

I bambini, preparati da Medea, vanno alla reggia portando un presunto dono di pacificazione: una corona d'oro e un peplo ricamato, così belli che Glauce non resiste e li indossa immediatamente. Ed ecco che all'improvviso il suo volto sbianca, la bava le cola dalla bocca, dalla corona divampano le fiamme, il peplo divora il suo corpo. Non c'è scampo, né per lei né per Creonte che, accorso alle sue grida, la abbraccia cercando di salvarla.

Ma la vendetta di Medea non è che all'inizio. Non sarebbe Medea, se si accontentasse di queste due morti. Giasone deve essere distrutto, inesorabilmente: e quel che annienta un uomo non è perdere la sposa, è perdere i figli, la discendenza, la sopravvivenza della stirpe. Medea deve uccidere i suoi stessi figli: e lo fa trafiggendoli con la spada. Vendetta è fatta, Medea lascia per sempre Corinto sul carro mandato dal Sole, padre di suo padre. In Euripide il racconto finisce così. Ma la storia di Medea continua...

La maga ad Atene

Prudentemente, Medea si era assicurata una via di fuga ad Atene. Quando, in visita a Corinto, il re Egeo le aveva confessato la propria temporanea incapacità di generare, Medea gli aveva promesso di fargli vincere la sterilità con le sue pozioni in cambio di ospitalità ad Atene in caso di bisogno.

Eccola dunque alla reggia di Egeo, dove trova una sistemazione confacente alle sue origini regali. Egeo la sposa, e dal matrimonio nasce un figlio, cui viene dato il nome di Mede.

Ma neppure ad Atene le sarà possibile restare. Un giorno si diffonde la notizia che sta per arrivare il giovane Teseo, il figlio che Egeo aveva avuto da un precedente matrimonio (sempre intricate, le vicende del mito). Dopo averlo concepito, Egeo aveva pregato il saggio Pitteo di prendersi cura di lui e gli aveva affidato una spada e un paio di sandali, da consegnare a Teseo come segnale di riconoscimento al momento del ritorno in patria.

Medea pensa immediatamente al futuro di Mede: se Teseo tornerà, il trono sarà suo. Giocando sulla diffidenza e il sospetto che il marito, ormai vecchio e stanco, nutre nei confronti di tutti, lo convince che lo straniero che sta per arrivare rappresenta un pericolo. Deciso a ucciderlo, Egeo offre un banchetto in suo onore: il vino, come sempre, scorrerà abbondante, e quello di Teseo sarà avvelenato. Ma quando già il veleno è nella coppa, Teseo estrae la spada lasciatagli dal padre e riesce a farsi riconoscere. Prima che Teseo possa bere, Egeo rovescia il vino per terra, lo abbraccia e lo riconosce come figlio dinanzi all'assemblea dei cittadini.

Per la prima volta i piani di Medea falliscono. Ed eccola ancora una volta in fuga. Ormai deve lasciare la Grecia, non le resta che rifugiarsi alle estremità orientali del mondo, dove è nata. E se ne va con il figlio Mede, perdendosi in un luogo imprecisato sui lontani, misteriosi altipiani iranici.

Medea ieri e oggi

Nella tragedia di Euripide Medea – al di là del suo carattere selvaggio e dell'atrocità del suo gesto – appare (ed è la prima volta, nella letteratura greca) come una donna pienamente, lucidamente consapevole delle discriminazioni di cui il sesso femminile è vittima. Nella celebre invettiva in cui all'inizio della tragedia lamenta l'ingiustizia della sorte femminile non parla solo di sé, dei suoi mali personali. Alle donne di Corinto – con cui, anche se straniera, si identifica in ragione dell'appartenenza sessuale – si rivolge parlando dei mali comuni indistintamente a tutto il genere femminile:

Fra quante creature hanno anima e ragione, noi donne siamo le più infelici. Prima ci dobbiamo comprare uno sposo a ca-

ro prezzo (le cose sono cambiate rispetto ai tempi in cui Omero raccontava dell'adulterio di Afrodite: ora non è più lo sposo a offrire doni al padre della sposa, ma il padre della sposa a dare una dote alla figlia) *e prenderci un padrone per il nostro corpo; e questo è il male più doloroso. L'incognita più grande, poi, è se questo padrone sarà buono o cattivo. La separazione è un disonore per le donne, non si può ripudiare il marito [...] Un uomo, quando si sente oppresso dalla convivenza in casa, può uscire e liberare il proprio cuore dalla pena con chi gli è amico. Noi, invece, siamo costrette a vedere una persona sola. Dicono di noi che viviamo al sicuro dentro casa, mentre loro combattono in battaglia. Pazzi! Preferirei trovarmi tre volte in prima linea che partorire una volta sola!*

Ma se da un lato si identifica con le donne di Corinto, dall'altro Medea tiene a distinguersi da loro. Lei è diversa, e la sua diversità rende la sua sorte ancor peggiore. È un punto, questo, che Medea tiene a mettere in evidenza: lei è più infelice delle altre donne perché è anche una straniera che ha perduto per sempre la patria.

Euripide insiste sullo stato di esule di Medea sin dall'inizio della tragedia: voi, dice Medea alle donne di Corinto, *qui avete patria, casa paterna e amici, avete tutti i beni della vita.*

Io senza patria, io sola, in terra straniera, depredata e tradita da un uomo infame, non ho madre, non ho fratello, non ho parente ove trovare rifugio in questa tempesta.

E più avanti:

io dove fuggo? Quale città mi accoglie? Chi mi concederà un asilo? Chi mi darà un rifugio fidato, sicuro?

Medea è diversa soprattutto perché è straniera. Secondo un'interpretazione diffusa, la sua "diversità" sta nella "mascolinità" del suo carattere. Certo, Medea non è una qualunque moglie abbandonata, e non si comporta come tale: una moglie, di regola, subisce; al più, se propensa al gesto eroico, commette suicidio. Medea no, non subisce, non si presta a giocare il ruolo della vittima, cambia le carte del gioco e ne diventa protagonista, facendo di Giasone la vittima. La parte di lei che fa questo, soprattutto quando uccide i figli – è stato detto – nel linguaggio della tragedia non è rappresentata come "femminile". Medea parla e agisce come un uomo che compie una pratica profondamente radicata nella cultura maschile greca: la vendetta.

Può essere vero. Ma la diversità che causa la sua tragedia non è il carattere: è l'etnia, e lo stato di esule. È questa sua condizione che la spinge a uccidere i figli. È il fatto di non avere prospettive, di non avere futuro, il fatto di aver perso tutto e di non avere altro da perdere, quel che la spinge al gesto estremo.

Sono molti i volti di Medea, e hanno ispirato le interpretazioni più diverse. Non è un caso, certo, se nel XX secolo Medea è diventata il personaggio tragico che più di ogni altro si è prestato a rappresentare la tragedia dell'oppressione in tutte le sue forme, da quella di genere a quella dei popoli o delle culture i cui diritti sono stati e vengono negati.

Nel 1933 un'attrice nera, Agnes Straub, mise in scena una rilettura della trilogia dedicata a Medea da Franz Grillparzer (*L'ospite*, *Gli Argonauti* e *Medea*), per protestare contro il razzismo nazista. Nel 1949 Corrado Alvaro, ne *La lunga notte di Medea*, presentò l'uccisione dei figli come il disperato, definitivo gesto d'amore di una madre esule, vittima di intolleranza e persecuzioni, destinata, come i suoi figli, a una vita di stenti e peregrinazioni. Nel 1990, in Sudafrica, la protagonista di *Demea* (Medea) era una principessa nera abbandonata da un Giasone olandese.

A distanza di secoli, Medea continua a essere fra noi.

LA STIRPE DI TANTALO E LA SAGA DEGLI ATRIDI

Menù di famiglia nel Peloponneso

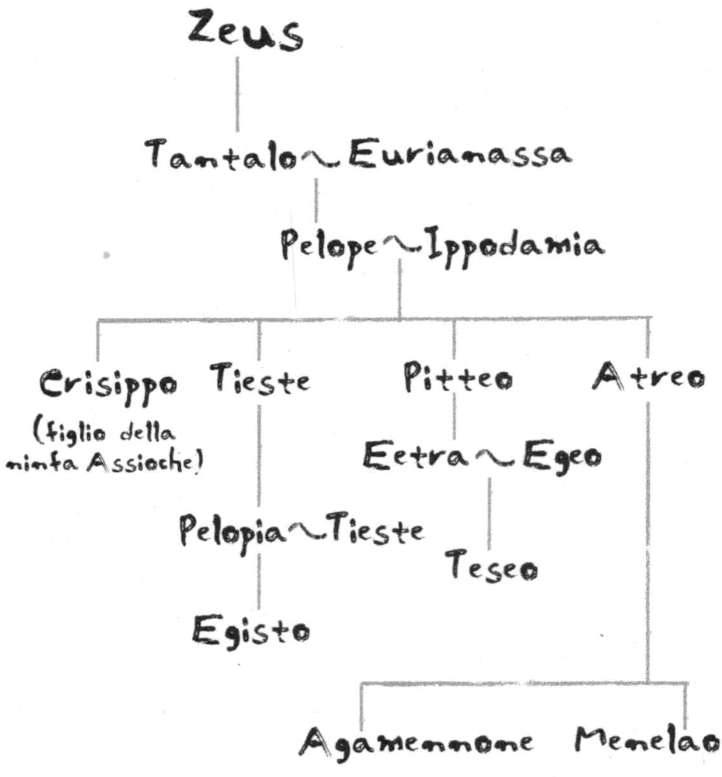
Zeus
Tantalo ~ Eurianassa
Pelope ~ Ippodamia
Crisippo
(figlio della ninfa Assioche)
Tieste
Pitteo
Atreo
Eetra ~ Egeo
Pelopia ~ Tieste
Teseo
Egisto
Agamennone
Menelao

La cucina di Tantalo e Pelope

La sequela di orrori che accompagna la vita dei discendenti di Tantalo, figlio mortale di Zeus, ha inizio il giorno in cui questi, per sfidare gli dèi e metterne in dubbio l'onniscienza, li invita a cena imbandendo loro le carni del figlio Pelope. Gli dèi si accorgono subito che qualcosa non funziona; solo Demetra comincia incautamente il pasto e addenta una spalla del ragazzo. Un incidente che, peraltro, non crea eccessivi problemi agli immortali, che resuscitano Pelope dotandolo opportunamente di una spalla d'avorio.

Ma questo non è che il primo atto di una truculentissima saga. Ammannire manicaretti a base di carne umana è evidentemente una specialità di famiglia: nel giro di due generazioni, infatti, qualcun altro ha un'idea analoga, se possibile ancor più macabra e crudele.

Questa volta il menù viene elaborato da uno dei figli che Pelope ha generato da Ippodamia dopo aver conquistato il Peloponneso, la penisola che da lui prende il nome. E questa volta il pasto viene effettivamente consumato, con un colpo di scena finale degno di un film dell'orrore.

Protagonisti dei nuovi eventi sono Atreo e Tieste, due figli di Pelope. Istigati dalla madre, essi avevano ucciso il figlio che Pelope aveva avuto da una concubina, e Pelope, per punirli, li aveva banditi, scagliando su di loro una maledizione che, a giudicare dai successivi accadimenti, non avrebbe potuto sortire effetti più devastanti.

Atreo, Tieste e lo spezzatino di figli

Esiliati dal padre, Atreo e Tieste, che vivono a Micene, entrano in insanabile conflitto: ambedue aspirano a conquistare il potere regale. Quando, finalmente, la vittoria arride ad Atreo, Tieste viene scacciato dal regno. Ma un giorno Atreo viene a sapere che il fratello è da tempo l'amante di sua moglie, e giura vendetta: "è arrivato il tempo di por fine alle inimicizie", manda a dire a Tieste, e lo invita a tornare alla reggia.

Ben lontano dall'immaginare quel che lo aspetta, Tieste accetta l'invito, e a sera, come era consuetudine, partecipa al banchetto offerto in suo onore. Ottimo il cibo, squisito lo spezzatino: la carne è quella dei tre figli che Tieste ha avuto da una ninfa. Atreo li ha uccisi, fatti a pezzi e cucinati. Tieste assaggia, apprezza e gusta l'intera porzione. È il momento che Atreo attendeva: tre teschi vengono portati in sala e mostrati a Tieste: sono quanto resta dei suoi figli. Persino il Sole, dicevano i greci, arrestò il suo corso di fronte al gesto inaudito.

Tieste fugge lontano, ma sa che l'assassinio non resterà invendicato. Un oracolo gli ha detto che Atreo pagherà per mano di un figlio che Tieste avrà dalla figlia Pelopia: perché vendetta sia fatta, è necessario un incesto. Tieste non ha esitazioni e una notte, mentre Pelopia sta tornando da un sacrificio notturno, la violenta. La ragazza ha il tempo di strappare la spada allo stupratore, di cui ovviamente ignora l'identità.

Quando, nove mesi dopo, dà alla luce il figlio, Pelopia lo abbandona e va poi in sposa all'ignaro zio Atreo il quale, venuto a sapere dell'esistenza del bambino, lo fa cercare finché non lo trova. Il neonato è stato raccolto da alcuni pastori che lo hanno nutrito con il latte delle loro capre (di qui il nome Egisto, *Aegysthos*, da *aix*, "capra").

Gli anni passano, Egisto viene cresciuto come un figlio da Atreo, che non avendo mai perdonato al fratello di aver sedotto sua moglie, fa catturare Tieste e ordina a Egisto di ucciderlo. Ma la spada con la quale Egisto sta per eseguire l'ordine è quella che sua madre aveva lasciato accanto a lui al momento di abbandonarlo: la spada strappata al suo stupratore. La spada di Tieste.

Prima che Egisto riesca a colpirlo, Tieste chiede spiegazioni: "Chi ti ha dato quella spada?". Ascoltato il racconto di Egisto, chiede che venga chiamata Pelopia e davanti a lei svela quello che era accaduto. La rivelazione è troppo sconvolgente per la sventurata donna: afferrata la spada, se la conficca nel cuore. Egisto la estrae dal petto della madre, va alla ricerca di Atreo e lo uccide.

Il governo di Micene è nelle mani di Tieste ed Egisto. Ma vendetta chiama vendetta, lo sappiamo.

Atreo aveva due figli, Agamennone e Menelao. A vendicare il padre sarà Agamennone, che ucciderà Tieste, ma resterà a sua volta vittima del cugino Egisto. Durante la guerra di Troia infatti, in assenza di Agamennone, Egisto diventerà l'amante di sua moglie Clitennestra, e organizzerà con lei l'assassinio di Agamennone. Una storia, quest'ultima, diventata immortale grazie al racconto fattone in un capolavoro della letteratura mondiale, l'*Orestea* di Eschilo.

Il ritorno del guerriero

La guerra di Troia finalmente ha avuto termine. Troia è stata espugnata, gli eroi greci tornano in patria. Alcuni – parleremo poi di Ulisse – ritrovano mogli fedeli, che li hanno pazientemente attesi. Altri sono meno fortunati. E il più sfortunato di tutti è proprio Agamennone, il capo della spedi-

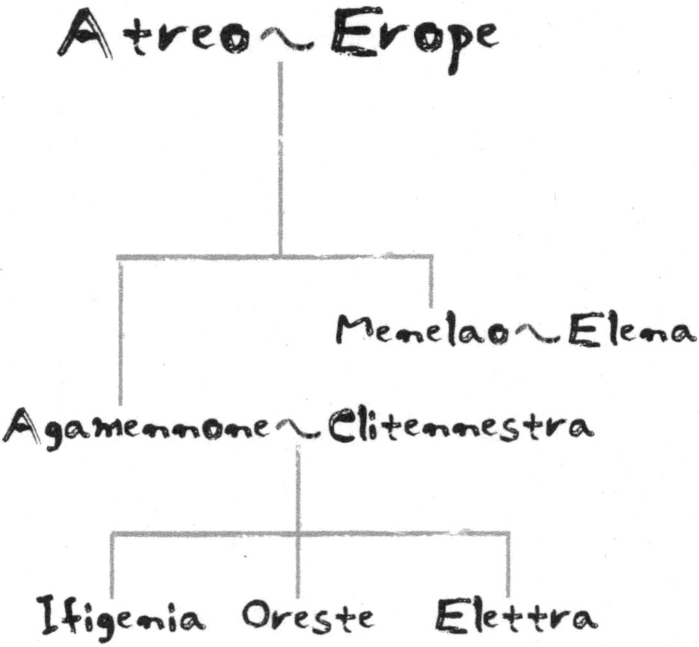
Atreo ~ Erope
Menelao ~ Elena
Agamennone ~ Clitennestra
Ifigenia
Oreste
Elettra

zione, che appena torna in patria viene ucciso da Clitennestra, di concerto con Egisto. Ucciso a tradimento, nel peggiore dei modi.

Quando giunge notizia della fine della guerra e dell'imminente ritorno del marito, Clitennestra simula felicità:

Devo affrettarmi ad accogliere nel modo migliore il venerabile mio sposo che ritorna. Per la moglie quale luce è più soave a vedersi che questa, quando al marito, che un dio ha salvato dalla spedizione, apre le porte? Questo riferisci al mio sposo

dice, rivolta all'araldo, raccomandagli

che giunga al più presto, bramato dalla città. E tornando trovi nelle stanze la moglie, fedele al proprio uomo come l'aveva lasciata, cagna della casa, a lui devota, ostile ai nemici...

La commedia prosegue quando davanti alla reggia si ferma il carro che conduce Agamennone e Cassandra (la figlia di Priamo, schiava di guerra di Agamennone, che questi intende tenere come concubina):

Cittadini qui presenti, i più nobili tra gli Argivi, io non mi vergognerò di esprimere dinanzi a voi il mio amore per lo sposo [...] io voglio raccontarvi quanto fu misera la mia vita negli anni in cui egli rimase sotto le mura di Troia. Anzitutto, è un male terribile per una donna restare nella casa sola, senza marito, ascoltando lusinghe odiose: uno dopo l'altro arrivano quelli che annunziano sventure sempre più grandi [...] a causa di queste voci odiose, molte volte vennero sciolti dal mio collo i lacci che vi avevo stretto [...] Per questa ragione (dice, rivolgendosi ad Agamennone) *non è presente qui, come doveva, il figlio della mia e della nostra fedeltà, Oreste: non meravigliartene. Un ospite amico lo alleva [...] Le mie lacrime si sono estinte, non ne è rimasta una sola goccia.*

Una menzogna dopo l'altra. Clitennestra non ha mai cercato di suicidarsi, in assenza e per l'assenza di Agamennone; Oreste non è affatto stato inviato presso una famiglia amica, ma è stato allontanato perché non potesse ribellarsi e ostacolare le mire di potere di Egisto.

Per realizzare il suo piano Clitennestra deve fare in modo di rimanere sola con il marito in casa, dove nessuno potrà intervenire in sua difesa. Quale momento più propizio del bagno ristoratore, con cui viene accolto chi torna dopo un lungo viaggio?

Uscendo dalla reggia, dove Agamennone è entrato con lei seguito da Cassandra, Clitennestra racconta:

E io sto qui, dove ho colpito, presso la mia opera. Non lo negherò, ho fatto in modo che egli non potesse fuggire né difendersi contro la morte: gli avvolgo intorno, sinistra veste fastosa, una rete senza uscita, come per i pesci, lo colpisco due volte, e in due gemiti si sciolgono le sue membra; sul suo corpo, già a terra, infliggo il terzo colpo, offerta votiva ad Ade, re degli Inferi, salvatore dei morti. Così, cadendo, egli esala l'anima: ed espellendo un violento getto di sangue, mi colpisce con un nero spruzzo [...] e io ne godo, come un campo seminato per il ristoro mandato dal cielo sulle gemme che si schiudono [...] Se fosse lecito far libagioni su un cadavere, sarebbe non giusto, sarebbe più che giusto farle, tanti sono gli orribili crimini che costui ha commesso.

Se ci limitiamo alla semplice cronaca dei fatti successivi al ritorno del guerriero, Clitennestra ci appare nella luce sinistra nella quale i greci la vedevano, l'adultera assassina per antonomasia. Ma come sempre, a cercar bene nel passato qualche attenuante si può trovare, anche per Clitennestra.

Un matrimonio problematico

Agamennone non era il primo marito di Clitennestra: quando lo sposò, la bella figlia di Tindaro (pur non potendo competere con la sorella Elena, anche Clitennestra era bellissima) era già vedova. E lo era per colpa e per mano proprio di Agamennone, che aveva ucciso non solo il suo primo marito, ma anche il figlio che Clitennestra aveva avuto da lui.

Superfluo dire che le nozze non erano nate sotto i migliori auspici. Accettate controvoglia (erano ovviamente i padri a scegliere i mariti delle figlie, alle quali non era concessa voce in capitolo), avrebbero potuto portare nel migliore dei casi a una pacifica convivenza. Ma per questo sarebbe stato necessario un sia pur minimo sforzo da parte di Agamennone, un piccolo tentativo di andare incontro alle esigenze della moglie. Cosa che Agamennone si guardò bene dal fare.

Al momento della partenza per Troia, tanto per cominciare, poiché i venti spiravano contrari alla navigazione (a quell'epoca la sola andatura conosciuta era quella di poppa) Agamennone, per ottenere dagli dèi il vento favorevole, aveva offerto loro in sacrificio Ifigenia, figlia sua e di Clitennestra. Un'offerta che gli dèi evidentemente avevano apprezzato: il vento aveva cominciato a soffiare nella direzione buona, e la flotta era salpata.

Il fine giustifica i mezzi, aveva pensato Agamennone. Clitennestra invece era di un'altra opinione: mai, durante i dieci anni della guerra aveva dimenticato, mai aveva perdonato l'uomo che

senza farne alcun conto, come si trattasse di una fra le pecore di un grande lanoso gregge, sacrificò la propria figlia, frutto carissimo e doloroso del mio ventre, a incantamento dei venti di Tracia.

Come se non bastasse, Agamennone era tornato dalla guerra portando con sé Cassandra. Ai tempi, in verità, era normale che un guerriero riportasse una prigioniera di guerra, destinata, se a lui così piaceva, a diventare sua concubina. E così sarebbe stato anche in questo caso: tutti sapevano che Agamennone si era innamorato della sua prigioniera. Cosa che però Clitennestra non aveva alcuna intenzione di accettare. Non per amore di Agamennone: a lei dell'amore del marito importava ben poco, per non dire nulla. Quel che non poteva accettare era che avesse pensato di imporle una concubina.

Clitennestra era diversa dalle altre mogli, non obbediva, non era sottomessa. La morte di Cassandra era parte integrante della sua vendetta. Troppe erano state le offese inflitte ai suoi sentimenti e al suo onore:

Giace, colui che ha oltraggiato questa donna, giace quest'uomo che fu la dolcezza delle Criseidi in Ilio (durante la guerra, sino a che non era stato costretto a restituirla al padre, potente sacerdote di Apollo, Agamennone aveva tenuto con sé, nella sua tenda, la prigioniera di guerra Criseide)*; [giace] la prigioniera, questa interprete di prodigi e compagna del suo letto, la profetessa, che gli è fedele compagna e calca i banchi della sua nave. Hanno avuto la sorte che meritavano: lui, come ho detto. E giace anche lei, la sua amante, modulando come un cigno l'ultimo canto di morte: e ha aggiunto sapore al mio piacere.*

Per Clitennestra l'arrivo di Cassandra era un torto in più, un'offesa che si aggiungeva al sacrificio di Ifigenia nell'indurla alla vendetta: se a tutto questo aggiungiamo che Agamennone aveva ucciso il suo primo marito e il suo figlio di primo letto, non sembra eccessivo dire che, quantomeno oggi, le concederemmo le circostanze attenuanti.

Intermezzo istituzionale

L'ottica della vendetta – lo abbiamo visto – non consente pacificazione, e le stragi si susseguono anche dopo la morte di Clitennestra.

Oreste, l'unico figlio maschio di Agamennone, è colui al quale tocca questo compito.

Dieci anni dopo l'uccisione del padre, Oreste torna in patria con l'amico Pilade e, recatosi alla tomba di Agamennone, vi incontra la sorella Elettra. Poiché la vendetta è pratica aristocratica, Egisto e Clitennestra, per non correre rischi, la hanno data in moglie a un contadino che, ben consapevole dell'abisso sociale che li separa, ha rispettato la sua verginità.

Insieme, in perfetto accordo, i due fratelli organizzano la vendetta.

Oreste e Pilade si recano al palazzo reale sotto mentite spoglie, col pretesto di annunziare la morte di Oreste.

Ammessi in casa, i due hanno mano libera, e Oreste uccide gli amanti, prima Egisto quindi Clitennestra. A nulla vale che questa lo supplichi, che si denudi il petto ricordandogli che quello è il seno che lo ha allattato. Oreste la pugnala. Ha compiuto il suo dovere, ha fatto vendetta. Ma per farlo ha commesso matricidio e, immediata, si scatena una terribile persecuzione nei suoi confronti. Attorno a lui, minacciandolo, terrorizzandolo, rendendolo folle, si agitano le Erinni: le antiche dee, le chiama Eschilo, le divinità che rappresentano e difendono i legami di sangue e la cultura dell'odio inestinguibile per chi non li ha rispettati. Le dee che rappresentano il sistema della vendetta.

Inseguito dalle mostruose creature, Oreste arriva a Delfi per interrogare Apollo: come può liberarsi, come avere pace? Apollo sentenzia: le Erinni,

queste ripugnanti vergini, antiche vecchie, cui nessuno mai si accosta, né dio né uomo né belva, ti inseguiranno; ma tu non fermarti, raggiungi Atene e lì supplica la dea Pallade Atena. Là, per mezzo di giudici e parole pacificatrici, noi troveremo i mezzi per liberarti del tutto da questi tormenti.

E così accade. Oreste espone i fatti, e Atena risponde:

la causa è troppo grave perché pensi di poterla decidere per i mortali: nemmeno a me è lecito giudicare una causa di sangue che suscita simile ira.

Saranno altri a decidere, dunque:

io – prosegue Atena – *sceglierò giudici giurati e ne farò un istituto per tutto il tempo a venire.*

È nato il primo tribunale della città, il più caro al cuore degli ateniesi: l'Areopago, nel quale siedono i migliori cittadini, dopo aver giurato di giudicare secondo equità.
Quando il processo viene celebrato, le Erinni accusano Oreste, difendendo l'antica legge del legame di sangue: la morte di Clitennestra, nella loro ottica, chiede un'altra vendetta, e loro perseguiteranno Oreste in eterno.
In difesa di Oreste interviene Apollo, che ricorda ai giudici una regola nella quale i greci credevano fermamente: il vero genitore è il padre, la madre ha un ruolo del tutto secondario nella riproduzione. Nel momento del giudizio, dunque, alla contrapposizione vendetta-diritto si sostituisce quella principio paterno-principio materno. E quello paterno prevale: Oreste viene assolto.
La catena delle vendette è finita. Ora, e per sempre nel futuro, esiste un tribunale cui spetta il compito di accertare i fatti e di giudicare l'accusato. Il passaggio al regno del diritto è compiuto. Le Erinni, alle quali sono stati promessi i dovuti onori, accettano la sconfitta e si trasformano in Eumenidi, dee pacificate e benevole, simbolo della giustizia cittadina.

Attraverso la narrazione mitica, Eschilo ricorda un avvenimento, che segna una tappa fondamentale della storia ateniese: nel 621-620 a.C. il primo legislatore della città, Dracone, ha istituito i primi tribunali, competenti a giudicare in materia di omicidio. Da quel momento l'ottica cittadina sostituisce l'ottica familiare, l'uso della forza privata è vietato e la pacifica convivenza dei cittadini è affidata al rispetto delle leggi.

EDIPO CHE ASSASSINÒ IL PADRE E SPOSÒ LA MADRE

Tebe, città maledetta

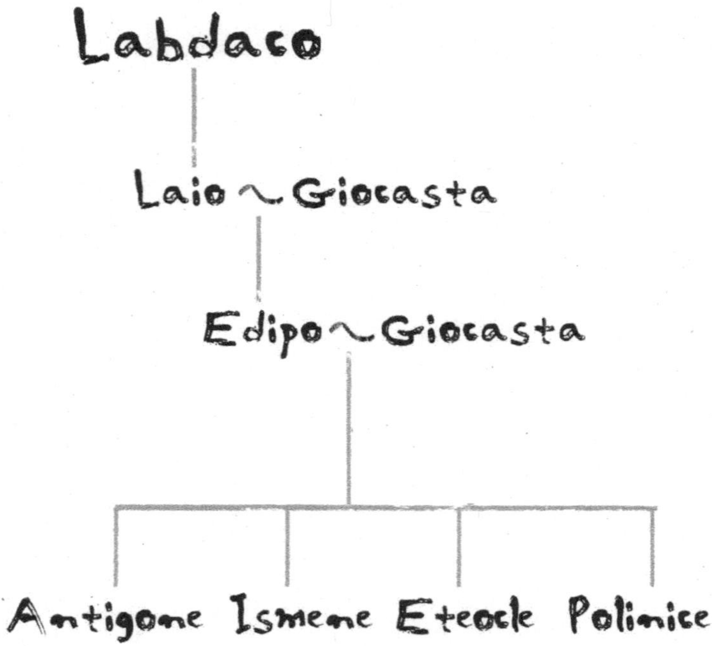
Labdaco
Laio ~ Giocasta
Edipo ~ Giocasta
Antigone
Ismene
Eteocle
Polinice

Il crimine di Laio

All'origine dei mali che colpirono Tebe sta un evento verificatosi nel Peloponneso, alla corte di Pelope.

Per sfuggire a una faida familiare Laio, figlio di Labdaco e discendente di Cadmo, fondatore della città di Tebe, aveva chiesto ospitalità a Pelope, ed era cresciuto presso di lui, godendo della sua totale fiducia. Fiducia mal riposta, peraltro: innamoratosi perdutamente del giovane e bellissimo Crisippo, figlio del re, Laio lo violentò e lo condusse con sé a Tebe, dove fece ritorno per rivendicare il proprio diritto al trono.

Non sopportando la vergogna, Crisippo si uccise, e Pelope scagliò una maledizione su Laio: se avesse avuto un figlio, sarebbe morto per mano di questo. Come se non bastasse la dea Era, protettrice del matrimonio, si indignò talmente con i tebani che non avevano punito Laio, da mandare a Tebe la Sfinge, orribile mostro con il corpo leonino e la testa di donna che poneva agli abitanti della città complicatissimi enigmi, divorando i malcapitati che non sapevano rispondere.

Torniamo a Laio: riconquistato il potere a Tebe, Laio sposa Giocasta e, memore delle parole dell'oracolo, riesce per lungo tempo a non procreare. Una notte, non si sa bene come (forse aveva ecceduto nel bere, forse era stato preso da incontrollabile passione, particolarmente pericolosa in un mondo in cui gli anticoncezionali non erano molto efficaci), concepisce un figlio. Preoccupato delle conseguenze, si illude di poter sfuggire al proprio destino ordinando a un servitore di abbandonare sui monti il neonato, dopo avergli perforato con un ferro le caviglie (di qui il nome del bambino, Edipo, in greco "piede gonfio"). Il servo, impietosito, invece di abbandonare il piccolo lo affida ad alcuni pastori che lo portano con sé a Corinto e lo consegnano al re Polibo. Non avendo avuto figli, e desiderandone uno, Polibo accoglie Edipo nella sua casa e lo cresce come fosse suo.

Il vaticinio si avvera

Raggiunta la maggiore età, Edipo, turbato perché un compagno di giochi lo ha chiamato "bastardo", lascia la reggia per interrogare l'oracolo di Delfi. "Tu ucciderai tuo padre e sposerai tua madre" gli predice l'oracolo.

Sconvolto, Edipo riprende il cammino e giunge a un crocevia in cui confluiscono tre strade, una delle quali porta a Tebe. Insieme al suo, arriva un altro carro, il carro di Laio. Non essendovi spazio sufficiente per entrambi, l'araldo di Laio ordina a Edipo di cedergli il passo, e poiché questi tarda a obbedire, uccide uno dei suoi cavalli. Edipo reagisce uccidendo l'araldo e Laio. La maledizione di Pelope e la prima parte dell'oracolo si sono avverate.

Edipo prosegue il cammino finché alle porte di Tebe incontra la Sfinge. Nessuno ha mai saputo sciogliere l'enigma che questa propone: "Qual è l'essere che cammina a volte a due gambe, a volte a tre, a volte a quattro, e, contrariamente alla legge generale, è più debole quando ha più gambe?". "L'uomo," risponde Edipo, "da bambino cammina sulle mani e sui piedi, da adulto sulle due gambe, e da vecchio appoggiandosi a un bastone." La Sfinge, sconfitta, si suicida. I tebani accolgono Edipo come un trionfatore, e in segno di riconoscenza gli danno in moglie la vedova di Laio e lo proclamano loro re. Anche la seconda parte dell'oracolo si è avverata.

L'inchiesta e la scoperta

Per alcuni anni a Tebe la vita scorre tranquilla. Dal matrimonio con Giocasta nascono quattro figli: due femmine, Antigone e Ismene, e due maschi, Eteocle e Polinice. Ma un giorno una pestilenza terribile si abbatte sulla città. Edipo allora invia a Delfi Creonte, fratello di Giocasta, a interrogare il solito oracolo. Il responso è: la città è contaminata dalla presenza dell'uccisore di Laio; la pestilenza cesserà solo quando il colpevole verrà allontanato.

Edipo si rivolge all'indovino Tiresia, ma questi, che conosce la verità, esita a rispondere. Edipo, insospettito, lo accusa di essere l'assassino; a questo punto Tiresia non può che svelare la verità: l'assassino è lui, Edipo.

Edipo non vuole credergli, sospetta che Tiresia sia in combutta con Creonte, che vorrebbe succedergli al trono, e inizia a cercare personalmente la verità. L'indagine è accurata: Edipo raduna i testimoni, li interroga e, mano a mano che l'inchiesta prosegue, viene afferrato dal dubbio. Giocasta, che comincia a sua volta a intuire la verità sulla sciagurata vicenda di cui è stata inconsapevolmente protagonista, cerca invano di convincerlo a non indagare oltre. Edipo vuole, deve sapere: il dubbio cresce, lentamente diventa certezza. Decisiva, incontrovertibile, la testimonianza del servitore cui il neonato è stato affidato, e che gli ha salvato la vita.

Edipo ormai sa: è al tempo stesso figlio e marito di sua moglie, padre e fratello dei suoi figli. Di fronte alla rivelazione Giocasta si uccide; Edipo si acceca con lo spillone della veste di lei. Così termina la storia di Edipo nel racconto che ne fa Sofocle nell'*Edipo re*. Ma la vita di Edipo non finisce qui, la sua vicenda ha un seguito.

Vecchiaia e morte di Edipo

Scacciato dalla città dai suoi stessi figli maschi, ambedue aspiranti al trono, Edipo abbandona Tebe. Il seguito ci viene raccontato, sempre da Sofocle, nella tragedia intitolata *Edipo a Colono*.

Cieco, vecchio e stanco, al termine di un'esistenza disperata Edipo giunge ad Atene, guidato per mano dalla figlia Antigone. Secondo l'oracolo qui troverà finalmente pace, e la sepoltura che gli verrà data sarà pegno di sicurezza per la città pia e ospitale. Mentre i vecchi ateniesi informano Teseo dell'arrivo di Edipo, sopraggiunge Ismene, l'altra figlia: Eteocle e Polinice, racconta, stanno combattendo l'uno contro l'altro, e chiedono che il padre torni: hanno saputo che la città che gli darà sepoltura non dovrà più temere gli assalti dei nemici. Edipo rifiuta, sdegnato: i figli maschi lo hanno scacciato dalla città, inseguendo le loro brame di potere. Tebe non lo riavrà. Niente può placare la rabbia di Edipo, che rinnova la sua maledizione: in lotta per la successione al regno paterno, Eteocle e Polinice moriranno cadendo l'uno per mano dell'altro.

Nel frattempo un tuono annuncia che è arrivato il momento della morte di Edipo. Finalmente avranno termine le sue sofferenze; quelle sofferenze che, ricorda il coro in versi indimenticabili, sono sempre e comunque parte ineluttabile della condizione umana:

Non esser nati, è quanto di meglio
possa accadere: ma poi
una volta al mondo,
la cosa migliore è tornare al più presto
là donde si è giunti.

E quando la giovinezza è passata,
con le sue lievi follie,
nessuna pena è sconosciuta, nessuna pena esclusa.
Invidia, rivolte, contese, battaglie
e stragi: poi, disprezzata, spregiata, giunge
– estrema impotente deserta –
l'odiosa vecchiaia in cui
tutti i mali convivono.

Edipo e il problema della colpa

Edipo e la sua tragica storia furono, per i greci, una straordinaria occasione per riflettere sul problema della colpa. Gli inespiabili crimini che inducono Edipo a punirsi accecandosi sono stati commessi involontariamente: Edipo non sapeva che l'uomo ucciso per una banale lite stradale era suo padre; non sapeva che la donna che aveva sposato era sua madre.

Eppure, nell'*Edipo re*, quando scopre la terribile verità Edipo non ha alcuna esitazione. Evidentemente non considera una scusante l'ignoranza dei fatti, e quindi l'involontarietà dei suoi crimini.

Ma a ben vedere, nelle tragedie di Sofocle c'è posto anche per un altro Edipo, un Edipo che ha una percezione diversa di se stesso e un atteggiamento diverso rispetto al problema della responsabilità per le azioni involontarie. È il personaggio che abbiamo incontrato nell'*Edipo a Colono*.

Il primo Edipo si punisce anche se, come egli dice, ha agito "perché era scritto". Ma nell'*Edipo a Colono*, quando sta ormai per morire, la sua reazione è molto diversa: per la prima volta dice di non essere colpevole: io non posso essere biasimato, perché "subii, non volendo, uccisioni e nozze e sventure". In me non esiste alcuna "macchia di colpa". Se l'oracolo vaticinò a mio padre che sarebbe morto per mano mia, come è possibile accusare me, che "non seminato dal padre, non concepito dalla madre, allora non ero neppur generato?"

In Sofocle, insomma, abbiamo due Edipi, uno che si sente responsabile anche delle azioni commesse involontariamente, l'altro che pensa che solo chi ha agito volontariamente dovrebbe essere considerato responsabile delle sue azioni.

Come spiegare questa contraddizione? Anni fa un grande studioso della grecità, Jean-Pierre Vernant, ci ha ricordato che per capire la tragedia non dobbiamo dimenticare che essa fiorì ad Atene in uno specifico momento storico: il momento in cui – siamo nel V secolo a.C. – la legge stava affermando il suo ruolo; ma nel quale, come abbiamo avuto modo di dire a proposito dell'*Orestea*, era ancora presente e doloroso lo scontro tra due mentalità: quella antica della vendetta e quella nuova della civiltà giuridica. La tragedia di Edipo riflette le contraddizioni di un momento storico in cui la città discute con il suo passato.

Edipo senza complesso

È quasi superfluo ricordarlo: a partire dal 1900, anno della pubblicazione dell'*Interpretazione dei sogni* di Sigmund Freud, il mito di Edipo è considerato la base della teoria secondo la quale il primo impulso sessuale infantile sarebbe diretto verso la madre, mentre verso il padre si indirizzerebbe il primo impulso di odio e violenza. L'eventuale riaffiorare di simili impulsi in età adulta sarebbe la causa di stati patologici, che la psicoanalisi dovrebbe curare attraverso un percorso di ricerca nei meandri della psiche analogo a quello seguito da Edipo alla ricerca della verità.

Ma la storia di Edipo raccontata da Sofocle non è l'unica che la mitologia greca ha tramandato, e non è quella originaria.

In Omero Giocasta (chiamata Epicaste) si uccide, ma Edipo non si acceca né va in esilio: egli continua a vivere e muore nella sua città, rimanendone il re. In Omero, come è stato scritto, troviamo "un Edipo senza complesso": per lui l'incesto non è un tabù. Del resto, la *Teogonia* di Esiodo è piena di incesti, che non sembrano creare alcun problema.

L'incesto è aggiunto alla storia di Edipo da Sofocle, e da lui usato con indiscutibile efficacia come materiale tragico. L'interpretazione freudiana, basata esclusivamente sull'Edipo sofocleo, non tiene conto della complessità dei miti, e può portare fuori strada chi cerca di capire quello dello sfortunato re di Tebe.

Antigone: il conflitto fra diritto e giustizia

Morto il padre, Antigone vive nella città ormai governata da Creonte. Come Edipo aveva preconizzato, Eteocle e Polinice sono morti l'uno per mano dell'altro: Polinice combattendo contro la città, mentre ne assediava una delle porte; Eteocle difendendo la stessa porta. Per ordine di Creonte, il cadavere del traditore Polinice non avrà sepoltura. La pena per chi violerà il bando sarà la lapidazione.

Ma per Antigone il divieto non ha valore: Polinice è suo fratello, onorarne il cadavere è un dovere più forte della legge della città. Ismene cerca di dissuaderla, ma Antigone non sente ragioni e, senza ripensamenti, compie il gesto di pietà che la condurrà alla morte.

Quando scopre che a violare il bando è stata Antigone, sua nipote e fidanzata di suo figlio Emone, Creonte, sconvolto, la affronta in un dialogo che, secondo Goethe, racchiude l'essenza stessa della tragedia: Creonte e Antigone sostengono ciascuno di aver rispettato le leggi: ma parlano di leggi diverse. Antigone parla delle leggi "non scritte", che esprimono i principi etici sentiti come imprescindibili dall'essere umano; Creonte delle leggi "scritte", dettate dal potere politico. Il dilemma tragico consiste in questo: Antigone e Creonte hanno ambedue ragione e ambedue torto. Creonte è un politico con un suo forte senso dello Stato, e a suo modo giusto: anche i suoi familiari, egli dice, devono rispettare le leggi: "chi è onesto con i propri familiari sarà giusto anche con i suoi concittadini".

Antigone non mette in discussione l'autorità dello Stato. Non è un'anarchica. Ma rifiuta di rispettare una regola che a suo giudizio non ha fondamento etico.

Né Antigone né Creonte possono uscire vincenti dallo scontro: la tragedia si conclude, inevitabilmente, con la fine di ambedue i contendenti. Antigone, condannata a essere sepolta viva, si impicca (la lapidazione non è morte da donne). Il suo fidanzato, Emone, si uccide sul cadavere di lei. Alla notizia della morte del figlio si uccide anche Euridice, la moglie di Creonte. Creonte è un uomo finito, disperatamente solo, moralmente annientato. Antigone, celebrata dall'omonima tragedia di Sofocle, passerà alla storia come la più pura delle eroine, la più nobile delle sorelle, il simbolo di ogni coscienza che rifiuta un compromesso, cedendo al quale rinunzierebbe ai suoi principi più sacri.

La morte fisica di Antigone e quella morale di Creonte sono la fine inevitabile del conflitto che si ripropone quando un individuo, un gruppo, un popolo non riconoscono il fondamento etico di una regola di diritto, anche in un sistema legittimo e "giusto".

Ma lo scontro fra Antigone e Creonte non esprime solo il conflitto fra il diritto e la valutazione dei suoi fondamenti, esso esprime tutti i conflitti che ritornano come costanti dell'esperienza umana: l'opposizione tra uomini e donne, tra generazioni, tra individuo e società, tra vivi e morti, tra essere umano e divinità. Temi, questi, presenti anche in altri autori e altre opere: ma mai come nell'*Antigone* raccolti in un unico contesto, all'interno di un unico, inscindibile discorso.

Non sorprende, dunque, l'incredibile successo della tragedia tra letterati, musicisti, eruditi e filosofi. Nel XIX secolo la storia di Antigone fu più volte riscritta, ispirò e affascinò personaggi diversi tra loro come Hölderlin, Shelley, Hegel e

Wagner. Nel 1942, sotto il governo di Vichy, Jean Anouilh riscrisse la storia di Antigone: quando, nel 1944, la censura tedesca ne autorizzò la messa in scena, francesi e tedeschi vi assistettero insieme, e insieme applaudirono. I francesi, occupati, si riconoscevano in Antigone; i tedeschi, occupanti, trovavano nel personaggio di Creonte le ragioni che giustificavano la loro posizione. Con Antigone, fuori del teatro, si identificava Simone Weil, che durante la guerra comunicava con i genitori sotto questo nome. Né, da allora, sono mancate – purtroppo – altre, infinite occasioni di riproporre Antigone e il suo dilemma. La prima rappresentazione della tragedia di Sofocle risale al 442-441 a.C.: a distanza di duemilacinquecento anni, Antigone è ancora fra noi.

ELENA
Amori fra tre continenti

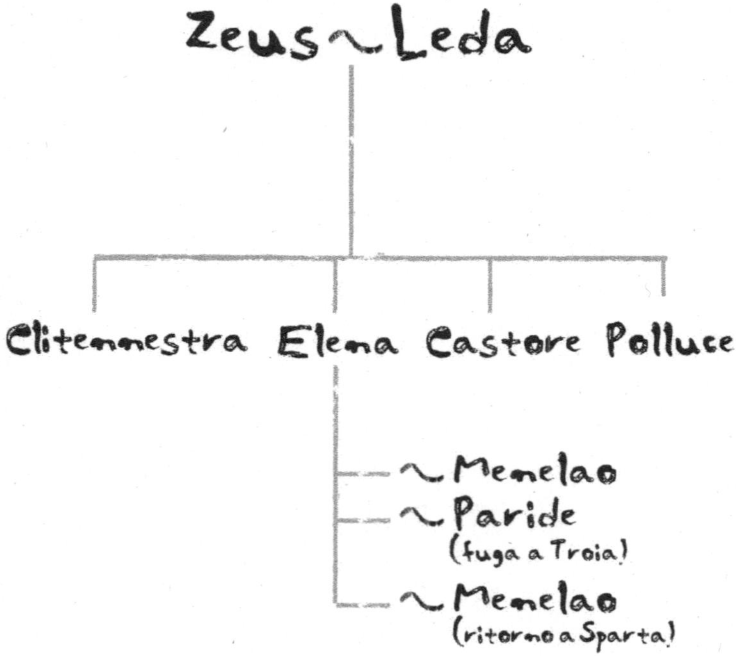
Zeus ~ Leda
Clitennestra
Elena
Castore
Polluce
~ Menelao
~ Paride
(fuga a Troia)
~ Menelao
(ritorno a Sparta)

Nata da un uovo

Elena, la donna più bella del mondo, il cui discusso comportamento sessuale scatena la guerra di Troia, nasce dall'accoppiamento tra una donna e un cigno: più precisamente dall'unione fra Zeus, trasformatosi in cigno, e Leda, moglie di Tindaro re di Sparta. A seguito del singolare connubio Leda partorisce un uovo, che si schiude facendo emergere la piccola Elena, già bellissima. Non tutti i greci accettavano però questa versione della storia. Non certo perché non ammettessero l'idea di una copula fra un essere umano e un pennuto, ma perché credevano che l'uovo da cui Elena era nata fosse quello di un'oca, in cui si sarebbe trasformata Nemesi (divinità, figlia della Notte, che personifica la vendetta degli dèi) nel vano tentativo di sottrarsi alle brame di Zeus. Leda, quindi, non sarebbe stata la madre di Elena, ma avrebbe semplicemente custodito l'uovo fino alla nascita della bambina, la cui bellezza sarebbe diventata causa di serie, e col senno di poi più che fondate, preoccupazioni per il padre putativo. Per completare lo stato di famiglia di Elena, aggiungiamo che pare che le uova partorite dal cigno (o dall'oca) fossero due: da uno sarebbero nate Elena e la sorella Clitennestra; dall'altro Castore e Polluce, i due fratelli immortali.

Intermezzo: strani modi di venire al mondo

Non è la sola nascita strana, quella di Elena: ci sono anche altri casi, altri amori del re degli dèi a seguito dei quali il frutto dell'unione vede la luce in modo a dir poco singolare.

A volte questo accade per colpa della gelosissima Era. Quando Zeus intreccia una relazione con Semele, figlia di Cadmo e di Armonia, ed Era scopre che la donna è incinta, una volta di più sfoga la sua gelosia sulla povera amante. Dissimulando la sua rabbia si presenta a Semele: perché non chiedi a Zeus di apparirti, almeno una volta, in tutto il suo divino splendore? Non ti piacerebbe contemplare con i tuoi occhi quanto incommensurabile sia la sua grandezza?

L'idea non dispiace a Semele. Zeus, fra l'altro, le ha promesso di soddisfare qualunque suo desiderio. Perché non approfittarne? Zeus tenta di resistere, ma avendo dato la sua parola non può sottrarsi, e appare a Semele in una impressionante coreografia di nubi, tuoni, lampi... Non per niente è il dio delle tempeste. Povera Semele, quel che Era aveva previsto si verifica: quando Zeus le appare, viene letteralmente folgorata, e di lei non resta che un pugno di cenere. Ma Zeus è riuscito a strapparle dal grembo il feto e a cucirlo al sicuro, nella sua coscia. Nove mesi dopo, da quella coscia nascerà Dioniso.

Non sempre però la responsabilità è di Era. Prima di sposarla, Zeus aveva avuto un'altra moglie, Metis, una donna eccezionale, di straordinaria intelligenza. Metis ovviamente non possedeva il *logos,* quella ragione astratta che i greci ritenevano prerogativa degli uomini: le donne potevano al più avere una forma di intelligenza concreta, pratica, che nasceva dall'esperienza e dall'astuzia: la *metis,* appunto. E Metis era così intelligente che Zeus era riuscito a detronizzare il proprio padre Crono solo grazie al suo aiuto.

Che Zeus volesse spodestare il padre era più che comprensibile. Avendo saputo che avrebbe perso il regno per mano dei figli, Crono risolveva la questione ingoiandoli non ap-

pena venivano alla luce. Quando sua moglie Rea restò incinta di Zeus, ne aveva già inghiottiti cinque: per salvare il sesto, Rea avvolse una pietra nelle fasce e la diede al marito, che la ingurgitò avidamente.
Portato al sicuro a Creta, sul monte Ida, Zeus crebbe lontano dal padre, allattato dalla capra Amaltea; e quando raggiunse l'età, decise di sfidare Crono. Ma come fare?
Il modo glielo suggerì Metis: se Crono avesse bevuto un potente emetico, di cui lei conosceva il segreto, avrebbe vomitato i figli divorati. E così fu. Con l'aiuto dei fratelli tornati alla vita Zeus ingaggiò una lotta con Crono e dopo averlo sconfitto divenne il re degli dèi.
Ma la storia, a volte, si ripete anche per gli immortali. Quando Metis rimase incinta, Zeus venne a sapere che il suo primo figlio maschio lo avrebbe spodestato. Come suo padre, il nuovo re degli dèi aveva evidentemente un buon appetito, e risolse il problema ingoiando Metis. In un solo boccone Zeus inglobò l'intelligenza della moglie e il figlio che questa portava in grembo. Rimaneva il problema del feto: come farlo nascere? Quando il momento arrivò fu Efesto a fare da levatrice e, armato di una scure, spaccò la testa a Zeus facendone uscire la dea Atena, armata di tutto punto.

Elena si sposa

Ma torniamo a Elena. Ben presto la bambina nata dall'uovo raggiunge l'età da marito (che all'epoca era molto bassa). Tindaro, come era consuetudine nelle famiglie reali, indice una gara per la mano della figlia, contesa da sovrani ed eroi di tutta la Grecia. Il numero dei pretendenti, accorsi a Sparta carichi di ricchissimi doni, è tale da preoccupare molto il saggio re: che accadrà, se qualcuno degli esclusi non accetterà la sua decisione, se il matrimonio di Elena provocherà inimicizie, liti, atti di forza? A suggerirgli una via d'uscita è Ulisse, l'astutissimo: "Fai giurare a tutti i pretendenti di intervenire in aiuto del marito, se Elena gli verrà sottratta". Tutti giurano, e al termine della gara Elena va in sposa a Menelao, re di Sparta, fratello di Agamennone, re di Argo e Micene.

Ma un giorno, fatale per tutti i greci, Elena, durante un'assenza di Menelao, abbandona la dimora coniugale e si imbarca sulla nave del giovane, bellissimo Paride Alessandro, figlio di Priamo, re di Troia. Fedeli al giuramento fatto a Tindaro, tutti i greci accorrono in aiuto di Menelao, e un enorme esercito salpa alla volta di Troia, al comando di Agamennone.

L'inganno più celebre del mondo

Giunta nella lontana città sulle coste dell'Asia Minore, Elena vive con Paride sino al momento in cui Troia viene finalmente espugnata, grazie a un inganno escogitato da Ulisse: il celeberrimo cavallo di Troia, di cui ancor oggi si parla.

La guerra durava ormai da dieci anni, e i greci morivano, tentando invano di espugnare l'Acropoli della città nemica. Ulisse capisce che Troia può essere presa solo con l'astuzia. Bisogna far credere ai troiani che i greci, stremati dai lunghissimi anni di guerra, hanno deciso di tornare in patria; bisogna fingere di partire, lasciando sulla spiaggia un cavallo di legno di stupefacenti dimensioni e di incredibile bellezza, come dono propiziatorio agli dèi. Il cavallo, costruito dall'architetto Epeo, è in realtà una trappola: nel suo ventre cavo sono nascosti i più valorosi tra i soldati greci.

Ma come farlo penetrare nella città nemica? Per dimostrare ai troiani l'innocuità della statua, accanto a questa viene posta una scritta: "I greci dedicarono questa offerta ad Atena per il ritorno in patria". Dopodiché, bruciate le tende, l'esercito acheo salpa, abbandonando il cavallo sul lido del mare. La folla dei troiani si riversa sulla spiaggia, discutendo sul da farsi. Qualcuno, sospettoso, vorrebbe trapassare il legno col "bronzo spietato", qualcuno vorrebbe precipitarlo dall'alto, così che si infranga al suolo. Altri invece vogliono conservarlo come "gran dono agli dèi, propiziatorio incantesimo". E questi ultimi prevalgono.

Invano Cassandra, la figlia di Priamo dotata di capacità divinatorie, scongiura i suoi concittadini di non cadere nella trappola, invano grida piangendo che nel cavallo è nascosto un esercito. I troiani non le credono e lo portano in città.

Nascosti in silenzio nel ventre del cavallo, i greci attendono la fine dei festeggiamenti. Nel frattempo le navi stanno tornando, guidate dai segnali di fuoco accesi sulla spiaggia. E così, quando finalmente i troiani rientrano nelle loro case, i greci, usciti dal nascondiglio, aprono le porte della città ai compagni, penetrano nelle case e uccidono nel sonno i nemici. Le donne, come d'abitudine, vengono fatte prigioniere.

La guerra è finita, Menelao ritrova la moglie infedele e la prende con sé, in un primo momento con l'intenzione di ucciderla. Ma poi cambia idea e la riporta a Sparta, dove Elena riprenderà il proprio ruolo di regina, amata, rispettata, e dopo la morte addirittura onorata come una dea.

Un'adultera insolitamente rispettata

Strana storia, quella di Elena. Le adultere, in Grecia, erano considerate le peggiori delle donne, nessun marito era disposto a perdonarle. Elena, evidentemente, era un'adultera speciale: perché mai, per quale ragione?

Per capirlo bisogna tornare indietro negli anni, al momento in cui era nata una discussione fra tre dee: Era, Atena e Afrodite. Ciascuna delle tre riteneva di essere la più bella, e ad arbitrare la disputa era stato chiamato Paride. La più bella è Afrodite, aveva deciso Paride: il primo giudice venduto della storia occidentale. Ciascuna delle dee, infatti, gli aveva offerto un dono in cambio del suo voto, e Paride aveva scelto quello di Afrodite, che gli aveva promesso l'amore della donna più bella del mondo.

Elena, dunque, si era innamorata per volere divino: ma molte altre, oltre a lei, erano state le vittime di Eros, e a loro i greci non avevano concesso attenuanti. A Elena fu riservato un trattamento veramente molto particolare. Il desiderio di giustificarla era evidentemente molto forte, sia nei greci, sia nei troiani. Durante la guerra, nella città assediata, i capi dei troiani, riuniti sulle mura per guardare la battaglia commentavano che

non è vergogna che i Teucri e gli Achei schinieri robusti
per una donna simile soffrano a lungo dolori:
terribilmente, a vederla, somiglia alle dee immortali.

E Priamo, il vecchio re, la invitava a sedere accanto a lui:

non certo tu sei colpevole davanti a me, gli dèi son colpevoli,
essi mi han mosso contro la triste guerra de' Danai.

Non fu un caso, dunque, se l'elaborazione concettuale delle categorie dell'atto volontario e involontario, in Grecia, si svolse proprio attorno alla sua figura e al suo comportamento.

In guerra per una nuvola?

Quando cominciarono a discutere sul rapporto tra colpa e volontà, i greci lo fecero pensando a Elena. Per quali ragioni poteva essere andata a Troia? si chiese Gorgia da Lentini, l'autore della prima analisi teorica dell'argomento a noi nota. In un'opera intitolata *Encomio di Elena*, Gorgia espone le ragioni per le quali Elena non può essere ritenuta colpevole di ciò che ha fatto.

Ci sono vari motivi per i quali Elena può essere fuggita da Troia, egli dice: può averlo fatto per volontà del caso, per decisione degli dèi, per un decreto della necessità, perché costretta dalla violenza; può averla convinta la persuasione delle parole o averla spinta l'amore (Eros). Ma non ha alcuna rilevanza stabilire quale fu, fra queste, la causa che determinò la sua decisione: la presenza di una qualunque di esse è sufficiente a far ritenere che "non fu colpevole", ma "vittima del caso". Innocente, comunque.

Ma qualcuno si spingeva oltre: a Troia, Elena non era mai andata. La storia di Elena adultera, che aveva seguito Paride, foss'anche per volere di Afrodite, era una calunnia, si diceva. Il poeta Stesicoro, che l'aveva raccontata, era stato punito con la perdita della vista dai Dioscuri, i fratelli di Elena. Per farsi perdonare, Stesicoro aveva scritto una *Palinodia* in cui spiegava che a Troia non era giunta Elena, ma un *eidolon,* un suo simulacro fatto d'aria. E molti greci credevano a questa storia: secondo alcuni Elena non era neppure partita da Sparta; secondo altri era partita, ed era stata sostituita dal simulacro quando, gettata sulle rive egiziane da una tempesta, era stata condotta alla corte del re Proteo, a Memfi, dove era rimasta per tutto il tempo della guerra. Come che fosse andata, comunque, la donna (il simulacro di donna) che era vissuta con Paride a Troia non era Elena. Greci e troiani avevano combattuto una guerra decennale per una nuvola.

AMORI OMERICI

Ulisse, dieci anni non solo di guai

La guerra è finita. Colpevole o innocente che sia, Elena è tornata a Sparta; gli eroi greci fanno ritorno alle loro patrie. Anche Ulisse salpa alla volta di Itaca, di cui è re, dove sua moglie Penelope – una moglie così fedele da essere tuttora il simbolo di questa celebrata virtù – lo attende da dieci anni. E dovrà attenderlo per altri dieci. Per raggiungere l'isola, infatti, Ulisse, reo di aver suscitato le ire di Poseidone, sarà costretto ad affrontare prove inenarrabili, a superare tempeste e naufragi, a battersi con mostri marini e terrestri... Dieci anni di avventure e disavventure raccontate da Omero nell'*Odissea*.

Intermezzo: chi era Omero?

È davvero esistito un Omero, autore dell'*Iliade* e dell'*Odissea*? Due poemi di insuperata bellezza, così profondamente diversi tra loro da indurre alcuni ad attribuirli a due autori diversi. Ma sul valore del termine autore in questo caso bisogna spendere qualche parola: tanto l'*Iliade* quanto l'*Odissea* contengono storie e miti trasmessi oralmente, per secoli, da generazioni di poeti vagabondi. Solo nell'VIII secolo a.C., quando i greci adottano, elaborandola, la scrittura

alfabetica dei fenici, questi canti vennero messi per iscritto. Ma da chi? Da Omero (ammesso che un personaggio con questo nome sia mai esistito) o da due diversi "autori"? Anche se tra virgolette, il termine autore non è improprio. Chiunque sia stato, o siano stati, coloro che hanno messo per iscritto i due poemi non si sono limitati a un lavoro di raccolta. Nel cucire insieme i canti li hanno adattati, modificati, hanno dato loro forma organica, e soprattutto hanno contribuito a renderli i capolavori eterni che sono diventati.
Quel che a noi interessa, comunque, fatta questa premessa, non è stabilire (ammesso che sia possibile) chi ha scritto i due poemi, ma capire come vivevano l'amore i personaggi omerici: tutti, tanto quelli dell'*Odissea*, quanto quelli dell'*Iliade*. E poiché stiamo parlando di ritorni, cominciamo dagli amori di cui parla l'*Odissea*: più in particolare, di quello fra Ulisse e Penelope, il più importante e significativo per conoscere le regole del rapporto tra uomini e donne nella Grecia arcaica.

Un matrimonio perfetto

In Omero i matrimoni sono spesso felici: nell'*Iliade* è felice, pur se tragicamente interrotto, il matrimonio fra Ettore e Andromaca; nell'*Odissea* è esemplare quello fra Ulisse e Penelope, nonostante la ventennale assenza dello sposo, nel corso della quale ciascuno dei due coniugi deve affrontare ogni sorta di traversie. Ma proprio le difficoltà che la loro unione incontra fanno sì che il re e la regina di Itaca ci vengano proposti come coniugi modello: lei, proverbialmente fedele al marito lontano; lui, devotissimo alla moglie, che considera la migliore delle donne, carica di ogni virtù. Al di là delle loro traversie, dunque, Ulisse e Penelope possono essere assunti a modello di rapporto coniugale, e i loro caratteri, le loro avventure e disavventure offrono informazioni preziose sui diritti e doveri coniugali nella Grecia arcaica.

Doveri di moglie: la fedeltà di Penelope

Penelope aveva tutte le virtù che una moglie doveva avere. Era bella, obbediente, saggia, riservata, fedele. Nei lunghi anni di assenza del marito consumava i suoi giorni negli appartamenti a lei riservati, piangendo e aspettandone il ritorno; solo raramente scendeva nel salone al piano inferiore, dove, accampati, bivaccavano giorno e notte i più nobili fra i giovani di Itaca e dintorni, decisi a prenderla in moglie: i famigerati proci. A rendere la sua mano particolarmente appetibile contribuiva certo anche il fatto che sposare la moglie del re – dato ormai per morto o disperso – poteva facilitare la conquista del potere regale. Ma non era solo per questo che Penelope aveva tanti pretendenti. Da lei i proci erano anche affascinati e sedotti: quando scendeva dai suoi appartamenti, dice Omero, ai pretendenti "si scioglieva il cuore nel petto al vederla", "si scioglievano le membra". Anche se forse in parte mossi da calcoli politici, i proci erano dei veri e propri spasimanti. Ed erano numerosissimi: ben centootto, una cifra spropositata. Penelope, insomma, non era una vecchia moglie rimasta sola, era una donna la cui bellezza e il cui fascino, immutati nel tempo, attiravano folle di corteggiatori.

Una donna bella, sola da vent'anni: troppi, veramente troppi per chiunque, ma non per Penelope. Per ritardare il momento in cui dovrà accettare di risposarsi, la regina escogita il famoso trucco della tela: sceglierò il nuovo marito, dice, ma solo quando avrò finito di tessere il sudario per mio suocero Laerte che, vecchio e stanco, si è ritirato a vivere in campagna.

Ai nostri occhi tessere un sudario non è esattamente un dono augurale, ma nell'ottica dell'epoca il proposito di Penelope è doppiamente meritorio: dà prova sia della sua devozione filiale, sia della sua abilità di tessitrice, un'altra delle virtù femminili che Penelope possiede al massimo grado. E così la più perfetta delle mogli di giorno tesse la tela, e nottetempo la disfa. Senonché una notte viene sorpresa e denunciata da un'ancella, una di quelle che obbediscono agli ordini dei proci e dividono con loro il letto, tradendo Ulisse e venendo meno al dovere di fedeltà anche sessuale al padrone.

Ormai impotente a resistere all'arroganza dei pretendenti che spadroneggiano senza ritegno, minacciano il figlio Telemaco e dilapidano i beni della casa, a Penelope non resta – come era costume nelle case reali – che indire una gara per la sua mano: sposerà chi riuscirà a tendere e maneggiare con la dovuta maestria l'arco del marito. Ed ecco, a questo punto, arrivare inaspettato Ulisse che, superfluo a dirsi, tende l'arco senza sforzo, e aiutato da Telemaco uccide i centootto proci (oltreché, per completare l'opera, le ancelle e gli altri servitori che lo hanno tradito). Una strage celeberrima. Lieto fine e ricongiungimento dei coniugi.

Diritti di marito: gli amori di Ulisse

La felicità di Penelope nel rivedere il marito non è inferiore a quella di Ulisse nel ritrovare la casa e la moglie, alla quale, lo abbiamo detto, è devotissimo. Ma questo non significa, beninteso, che le sia stato fedele. Tutt'altro. Quando lo incontriamo per la prima volta, nell'*Odissea*, siede in lacrime su uno scoglio dell'isola dove lo trattiene la ninfa Calipso, così innamorata di lui da volerlo sposare. Ma qualcosa non torna, nel racconto omerico di questa avventura: sull'isola Ulisse è rimasto, in compagnia di Calipso, per ben sette anni. Ed è chiaro che il soggiorno non è stato sempre spiacevole, come possono far sembrare le sue lacrime.

Certo, il luogo è incantevole, e che Ulisse dopo tante peripezie abbia desiderato una sosta è più che comprensibile. La grotta dove vive Calipso è circondata da molli prati di viole, sedano in fiore e polle di acqua limpidissima; attorno crescono ontani, pioppi e cipressi odorosi, abitati da ghiandaie e cornacchie marine. Il luogo è così bello che persino un essere immortale rimarrebbe stupefatto al vederlo. Ma basta, questo, a giustificare un soggiorno di sette anni? Ovviamente no.

A spiegarlo è piuttosto una frase che Omero, si direbbe, si lascia sfuggire, e che sfugge abitualmente ai suoi lettori e ai suoi traduttori. Quando lo incontriamo la prima volta, Ulisse "consuma la vita soave, aspettando il ritorno". Dopo sette anni sente nostalgia della patria lontana: ormai "non gli piace più la ninfa". Significativo, quel "non più". Evidentemente, per anni la ninfa gli è piaciuta, e molto. E infatti gli antichi commentatori raccontano che da lei ha avuto dei figli, sul cui numero non c'è accordo, ma della cui esistenza nessuno dubita. Con Calipso, insomma, Ulisse non ha avuto un'avventura passeggera, ma una relazione extraconiugale vera e propria. Così come, del resto, un'altra relazione extraconiugale vera e propria aveva già avuto con Circe.

Anche su questa storia vale la pena di spendere due parole: figlia del Sole e di una figlia di Oceano, Circe, la maga, vive sull'isola Eea (lo stesso nome della città di Medea, figlia del fratello di Circe).

Anche Circe ha ascendenze solari, dunque: lo abbiamo detto, le discendenti del Sole posseggono poteri strani, sono causa di sventura per chi le incontra, e ce lo dimostra una volta di più quel che accade ai compagni di Ulisse. Quando giunge in vista dell'isola Eea, Ulisse scorge del fumo salire da una casa, e manda metà del suo equipaggio in esplorazione per sapere chi la abita. Nelle vicinanze della casa i compagni vedono leoni e lupi in atteggiamento strano, assai poco ferino: scodinzolano, come cani che festeggiano il padrone. Difatti non sono né leoni né lupi, ma uomini trasformati in animali da Circe. Senza sospettare quel che li attende, i compagni di Ulisse accettano il cibo che viene loro offerto dalla maga, che si fa trovare intenta a cantare e tessere la tela. Munita di bacchetta d'ordinanza, Circe li tocca, e i malcapitati si trovano ricoperti di ispide setole, non riescono più a parlare, possono solo grugnire: sono stati trasformati in porci, e come tali vengono chiusi nel porcile.

Preoccupato per la loro scomparsa, Ulisse, armato di arco e di spada, parte alla ricerca e raggiunge la casa. Invitato a cena, come Circe usava fare con chi capitava nel suo reame, Ulisse accetta senza timore: Ermes gli ha fornito un antidoto, grazie al quale gli incantesimi di Circe non avranno effetto. Sicuro di non correre alcun rischio, Ulisse accetta di dividere il letto con la maga. Al termine della notte d'amore quattro ancelle lo lavano, lo vestono, gli servono la colazione su piatti d'argento e d'oro. Ma Ulisse non ha fame, non apprezza l'ospitalità, per quanto sontuosa: vuole che Circe liberi i suoi compagni, che restituisca loro forma umana. E Circe, sedotta e domata, acconsente: ma non vuole che Ulisse la lasci: vai a prendere gli altri, gli propone, e tornate tutti qui, dove sarete miei ospiti.

Strano a dirsi, Ulisse, invece di allontanarsi al più presto, accetta l'invito e convince i compagni a restare con lui. L'ospitalità di Circe è splendida, ma certo non è solo per questo che Ulisse non mostra alcun desiderio di riprendere le vie del mare. Soltanto dopo un anno si decide a ripartire, quando i compagni lo riportano duramente alla realtà: "Sciagurato, alla fine ricordati della terra paterna" gli dicono. Soltanto allora Ulisse riparte: anche in questo caso dopo aver generato un figlio, cui Circe dà il nome di Telegono. Quantomeno, bisogna riconoscere che Ulisse subiva fortemente il fascino femminile.

Doppia morale

Di fronte al diverso comportamento di Ulisse e Penelope si potrebbe pensare a Ulisse come a uno fra i tanti mariti perfetti solo a parole; un marito fedifrago, che, come quasi tutti i mariti fedifraghi, tiene ben nascoste le sue avventure per non incorrere nelle ire della moglie e nella riprovazione sociale. Ma sarebbe un'interpretazione sbagliata. Le avventure di Ulisse non sono affatto riprovevoli per la società in cui vive. Penelope ne è all'oscuro soltanto perché sono state consumate lontano, ma se anche ne fosse stata a conoscenza le avrebbe accettate come normali. Forse con dispiacere, ma le avrebbe accettate. Ai mariti greci, da questo punto di vista, è riconosciuta ampia libertà: se è loro consentito tenere in casa una concubina, del resto, è evidente che nulla vieta loro di intrecciare avventure extraconiugali più o meno passeggere, assai meno impegnative di un concubinato. Se così non fosse stato, Ulisse e Penelope non sarebbero stati assunti a modello di perfezione coniugale. I codici di comportamento sessuale maschili erano diversi da quelli femminili: la doppia morale era già consolidata nel periodo storico descritto da Omero, tremila anni fa, all'incirca. Non sorprende che sia difficile da superare, ancora ai nostri tempi.

Amori in tempo di guerra

Anche nell'*Iliade*, il grande poema di guerra, esistono storie d'amore. Non molte, ma bellissime, come quella, struggente e celebre, tra Ettore e sua moglie Andromaca: una vicenda coniugale che rivela la dolcezza del più grande degli eroi troiani, la sua tenerezza per il figlio bambino. Il commiato di Ettore dalla moglie e dal figlioletto Astianatte, prima dello scontro in cui troverà la morte, è tra le pagine più belle e commoventi del poema:

Andromaca gli si fece vicina piangendo,
e gli prese la mano, disse parole, parlò così:
"Misero, il tuo coraggio ti ucciderà [...] oh, meglio per me
scendere sottoterra, priva di te; perché nessun'altra
dolcezza, se tu soccombi al destino, avrò mai

[...]
Ettore tu sei per me padre e nobile madre,
e fratello, tu sei il mio sposo fiorente;
ah dunque, abbi pietà, rimani qui sulla torre,
non far orfano il figlio, vedova la sposa".
[...]
E allora Ettore grande, elmo abbagliante, le disse:
"Donna, anch'io, sì, penso a tutto questo, ma ho troppo
rossore dei Teucri, delle Troiane lungo peplo,
se resto come un vile lontano dalla guerra".
[...]
E dicendo così, tese al figlio le braccia Ettore illustre:
ma indietro il bambino, sul petto della balia bella cintura
si piegò con un grido, atterrito all'aspetto del padre,
spaventato dal bronzo e dal cimiero chiomato,
che vedeva ondeggiare terribile in cima all'elmo.
Sorrise il caro padre e la nobile madre;
e subito Ettore illustre si tolse l'elmo di testa,
e lo posò scintillante per terra;
e poi baciò il caro figlio, lo sollevò tra le braccia.

Ma la storia d'amore più avvincente dell'*Iliade* non è una storia coniugale, è quella fra due eroi, Achille e Patroclo.

Anche gli eroi, infatti, anche i più feroci tra gli eroi si innamorano: nessuno è al sicuro dai dardi di Eros. Neppure Achille, il terribile Pelide, Achille dal carattere "bestiale" (Achille la bestia, lo chiama Christa Wolf), Achille che uccide come una macchina da guerra; Achille solitario, per non dire solipsista, isolato, modello estremo dell'eroe. Ai nostri occhi, personaggio molto lontano dal modello eroico (tutto cambia nel tempo e nello spazio, anche l'idea di eroe).

Gli eroi omerici erano diversi non solo da quelli moderni, ma anche da quelli greci classici. Un esempio? Leonida, il generale spartano che nel 480 a.C., con i suoi trecento soldati, riesce a bloccare per tre giorni l'immane esercito dei persiani al passo delle Termopili, e infine, accerchiato, rifiuta di arrendersi, sacrificando la vita. Leonida muore per il bene comune. Il bene dei greci, per lui, sta al di sopra del suo interesse personale, dei suoi affetti, della sua stessa vita.

Ben diverso il comportamento di Achille. Come tutti gli eroi omerici, anche lui accetta di morire per la Grecia: ma lo fa perché, grazie a quella morte, "gloria di lui sarebbe giunta ai tardi nipoti". Come tutti gli eroi omerici, Achille muore per se stesso, perché il suo nome individuale non sia dimenticato.

Alla base degli atti degli eroi omerici, alla base delle loro azioni e reazioni stanno motivazioni che oggi non riusciremmo ad apprezzare. Le qualità fisiche e morali allora necessarie per essere considerato un eroe erano molto diverse da quelle che oggi immaginiamo. La società omerica era così fortemente competitiva da far considerare come qualità alcuni tratti del carattere che oggi lascerebbero a dir poco perplessi.

La principale virtù di un eroe era la forza fisica, accompagnata dal coraggio. A chi nasceva gracile, fisicamente poco prestante, e tale rimaneva, la fama di eroe era preclusa senza rimedio. Ma quel che contraddistingueva chi era veramente nobile era la ragione per cui usava la forza e il coraggio. Oltre che in guerra, doveva mostrare il suo coraggio soprattutto imponendo la propria volontà e reagendo, anche con la violenza fisica, ai comportamenti ritenuti offensivi.

Quando poi un comportamento fosse offensivo è difficile se non impossibile a dirsi, in generale e in astratto. L'offesa era qualcosa che ciascuno valutava secondo i suoi metri, a seconda della "misura" di onore che riteneva di possedere, e quindi del rispetto che riteneva gli altri dovessero avere nei suoi confronti. Ed essere rispettati significava non vedere mai contrastate le proprie aspirazioni, i propri desideri, i propri ordini. Capacità di reagire significava forza fisica e morale di vendicarsi. E vendicarsi il più delle volte voleva dire uccidere. Diciamoci la verità: giudicati con i nostri metri questi famosi eroi omerici sarebbero dei tipi poco raccomandabili.

Achille, in particolare, oggi farebbe spavento. Il suo dialogo con Ettore morente è assolutamente terrificante.

Ferito a morte, Ettore lo supplica: "non lasciare che i cani sbranino il mio cadavere", ti prego, Achille "rendi il mio corpo alla patria". E Achille: "cane, non mi pregare [...] la rabbia e il furore dovrebbero spingere me a tagliuzzar le tue carni e a divorarle così, per quel che hai fatto". Un potenziale cannibale. Noi, che dai tempi della scuola abbiamo, se non amato, comunque ammirato Achille, restiamo sgomenti. Quasi inevitabilmente cerchiamo di capirlo, se non di giustificarlo. E forse riusciamo a trovare un inizio di giustificazione... Ettore ha ucciso Patroclo, e Patroclo era il grande amore di Achille. L'amore rende folli, si sa. Colpa di Eros.

Achille e Patroclo

Chi fosse Achille lo sappiamo bene. Ma chi era Patroclo? Era il figlio di Menezio, re di Oponto. Anche lui, come Achille, apparteneva all'aristocrazia greca: ma un incidente, quando era ancora un ragazzo, lo aveva costretto ad abbandonare la patria. Un giorno, giocando ai dadi, in un momento d'ira aveva ucciso senza volerlo un compagno di giochi. Per evitare che i parenti del morto lo uccidessero (un'altra storia di vendette), il padre era stato costretto ad accompagnarlo a Ftia, dove era stato accolto da Peleo, padre di Achille, e dove era cresciuto insieme a questi. Dapprima una grande amicizia, poi un grande amore. Da quel momento, Achille e Patroclo non si erano più separati, neppure in guerra, dove Patroclo aveva seguito Achille e dove con lui era rimasto sino alla morte: anche quando nella tenda di Achille era arrivata Briseide, schiava di guerra e concubina.

Come le coppie maschili vivessero gli amori di uno dei due con una donna, è cosa che non viene mai detta: resta a noi cercare di immaginarlo. Ma non è facile, data la radicale diversità della nostra mentalità e della nostra morale sessuale. Quel che è certo, comunque, è che l'amore tra Achille e Patroclo finisce solo quando Patroclo viene ucciso. La disperazione di Achille è indescrivibile: l'unico scopo della sua vita, ormai, è uccidere Ettore. Per questo, solo per questo, torna a combattere, dopo che, offeso da Agamennone, si era ritirato dal combattimento. E al termine dei funerali di Patroclo, quando il cadavere viene issato sulla pira, Achille fa sgozzare ben dodici prigionieri troiani.

Il suo stato è tale da indurre sua madre Teti a scendere dall'Olimpo per cercare di ricondurlo alla ragione: "Hai pianto Patroclo abbastanza," gli dice, "adesso per te è arrivato il momento di prendere una moglie". Ai nostri occhi singolare, la raccomandazione di Teti è più che comprensibile alla luce dell'etica sessuale greca: le relazioni fra uomini erano consentite, ma non dovevano essere esclusive, non dovevano portare a dimenticare il dovere civico di prendere moglie. Per Achille l'età era giunta. Teti sente il bisogno di ricordare al figlio che la vita deve continuare secondo le regole stabilite, alle quali neppure un grande amore può sottrarlo.

La frase di Teti è particolarmente interessante in quanto inserita in una descrizione del rapporto tra Achille e Patroclo che nell'*Iliade*, anche se chiara, è tuttavia in qualche modo sfumata, mai esplicitamente dichiarata. Ma che di amore si trattasse, e non di semplice amicizia, è cosa sulla quale gli antichi non avevano alcun dubbio. Così dicono esplicitamente Platone, Eschine, lo pseudo-Luciano. Sofocle aveva scritto una tragedia, andata perduta, il cui titolo era *Gli amanti di Achille*. Achille e Patroclo sono la prima coppia di uomini amanti della letteratura greca.

I RAGAZZI SONO I NOSTRI DÈI

L'amore dei ragazzi

Un amore come quello tra Achille e Patroclo non era affatto inconsueto ai tempi. Per i greci, un rapporto fra due persone dello stesso sesso non solo non era riprovato, ma era socialmente valorizzato (sempre che fossero due uomini, beninteso: per le donne, come vedremo, la cosa era molto diversa).

Ma questo non significa che tutte le relazioni tra uomini fossero ammesse. L'amore fra uomini che i greci approvavano, per usare la loro terminologia, era la pederastia, l'"amore dei ragazzi": la relazione, più precisamente, che legava un adulto a un adolescente (*pais*).

Di questi amori – nella vita reale, non più nel mito – troviamo ampia traccia nella lirica arcaica (così detta dallo strumento che accompagnava la recitazione, la cetra, in greco *lyra*), che introduceva nel canto elementi contemporanei e l'esperienza individuale del poeta. Tra queste esperienze, l'amore: a seconda dei casi tenero, appassionato, disperato, a volte corrisposto, a volte rifiutato, tradito...

Erano bellissime, le composizioni dei lirici arcaici: ed erano, di regola, scritte per un ragazzo, uno di quei ragazzi che in Grecia erano onorati come dèi. Si racconta, infatti che, quando chiesero al poeta Anacreonte perché componesse poesie per i giovanetti e non per gli dèi, egli rispose "perché sono loro i miei dèi".

Ma prima di leggere le poesie di Anacreonte, e di tanti altri, cerchiamo di delineare un veloce quadro di quell'interessante, singolare istituzione che era la pederastia.

Definire il rapporto pederastico come "omosessuale", come un tempo si usava fare, vorrebbe dire falsare la realtà. I greci non conoscevano né la parola né il concetto: e non potevano conoscerli, perché avevano un'idea diversa della virilità. Per loro, questa non si manifestava solo nel rapporto eterosessuale, ma si identificava con l'assunzione del ruolo sessuale attivo, e si poteva manifestare anche nel rapporto tra un adulto "attivo" e un ragazzo "passivo" (sia dal punto di vista sessuale, sia da quello intellettuale e morale).

La coppia formata da due individui di sesso maschile, insomma, era socialmente e culturalmente accettata se era anagraficamente "asimmetrica", vale a dire se vi era una differenza di età tra l'"amante" adulto (detto *erastes*) e l'adolescente "amato" (detto *eromenos*). Dall'asimmetria anagrafica, infatti, discendeva una differenza di esperienza che consentiva all'adulto di assumere nei confronti del ragazzo un ruolo formativo, nel momento in cui questi, da cittadino in potenza, si apprestava a diventare un cittadino effettivo, capace di esercitare i suoi diritti civili e politici. L'amante, insomma, svolgeva un compito civico, contribuendo alla formazione di un nuovo membro della polis.

Lungi dall'essere espressione di una libertà sessuale maggiore della nostra, dunque, la pederastia era istituzione civica, ammessa solo se rispettava un rigoroso codice sociale, che ruotava intorno alla differenza di età.

L'età per amare

L'amante doveva essere un adulto: ma a quale età si cominciava a essere tali, e fino a quando era lecito avere il ruolo di amante?

Ad Atene si raggiungeva la maggiore età a diciott'anni; poi, per due anni, si era impegnati nel servizio militare: prima dei venti, dunque, non era appropriato essere "amanti". Ma era meglio attendere ancora: prima di assumere un ruolo così importante per la formazione di un giovane, era opportuno che il neocittadino consolidasse, grazie alla sua esperienza nel mondo degli adulti, le qualità necessarie per svolgere degnamente il compito legato al suo ruolo sessuale.

Rimane il problema dell'età massima, oltre la quale il ruolo di amante era sconveniente. Si legge, a volte, che l'uomo ateniese abitualmente aveva un "amato" solo fino al momento in cui prendeva moglie. Ma così non era: Socrate, ad esempio, che pure era sposato a Santippe, dopo il matrimonio non smise certo di corteggiare i bei ragazzi. Sofocle, coniugato con Nicarete, da cui ebbe un figlio di nome Iophon (anche lui poeta tragico), li amò per tutta la vita. Si racconta che un giorno, quando aveva già sessantacinque anni, condusse un bel fanciullo sulle mura di Atene e lì, al riparo da sguardi indiscreti, lo invitò ad avvolgersi con lui nel mantello che aveva steso a terra. Ma quella volta gli andò male: terminati gli abbracci, il ragazzo fuggì, rubandogli il mantello.

Se un limite esisteva, questo non era legato né al matrimonio, né al raggiungimento di un'età canonica. I limiti variavano di caso in caso, dipendevano dalle condizioni fisiche individuali e, soprattutto, dallo status sociale ed economico. Esattamente come oggi, per qualunque attività sessuale, omo o etero che sia.

L'età per essere amati

L'amato era un *pais:* quando si cominciava e quando si smetteva di esserlo? Esistevano limiti minimi e limiti massimi di età per gli "amati"?

Le indicazioni più precise in materia vengono dalle poesie dell'*Antologia Palatina*, una raccolta di epigrammi organizzati nel I secolo a.C. e ampliatasi fino all'età bizantina; e il poeta più esplicito è Stratone, vissuto nel II secolo d.C.: l'età giusta va dai dodici ai diciassette.

D'un dodicenne mi godo il fiore; se ha tredici anni
più forte desiderio sento;
chi ne ha quattordici spira delizia più forte d'amore,
più gusto chi nel terzo lustro va;
il sedicesimo è un anno divino: non lo ricerco io
l'anno diciassettesimo, ma Zeus.

Ma dodici anni erano proprio il limite minimo, quello che imponeva cautela. Alcuni dodicenni non erano ancora maturi per l'amore, anche se pensavano di esserlo e, a volte, assumevano atteggiamenti provocatori. Stratone, in questi casi – perlomeno, così scrive – rifiutava le *avances*:

Tenero il pargolo qui del vicino:
mi provoca e ride, come chi la sa lunga per consenso,
dodici anni, non più. Grani acerbi, nessuno li guarda.

Approfittare dell'inesperienza di un fanciullo, infatti – dice il poeta – era cosa infame da parte dell'adulto:

Se nell'età sventata commette un pivello una colpa
l'infamia è di colui che lo seduce.

Chi lo faceva era oggetto di biasimo: la nobiltà della pratica pederastica non era affidata alla legge, ma era tutelata dalla voce popolare, dal timore di essere mal giudicati. E le sanzioni sociali, nella Grecia di quel periodo, e anche oltre, avevano un forte grado di efficacia.

Resta il problema dell'età massima: quando diventava sconveniente continuare a essere "amati"?

Ancora una volta Stratone indica un'età precisa: diciassette anni. Un'età che coincideva con quella nella quale il *pais* cessava di essere desiderabile perché perdeva le sue attrattive: a diciassette anni, più o meno, il suo corpo assumeva le caratteristiche della mascolinità adulta, il cui segno più evidente erano i peli, che spuntavano e crescevano sul viso, sulle cosce, sul petto... un vero e proprio incubo per i ragazzi greci. A questo punto nessuno più li corteggiava, nessuno faceva loro doni, nessuno scriveva più poesie per loro. Non erano più *kaloi*, avevano smesso di essere belli.

Il tema torna, nell'*Antologia Palatina*, come una minaccia ai ragazzi che insistono nel rifiutare il corteggiamento.

Ora Nicandro s'è spento, il fiore volò dalle carni,
neppure il nome resta della sua bellezza.
Prima faceva parte degli dèi. Al di là dell'umano, ragazzi,
mai! Badate! Ci sono i peli – poi.

Così scrive un anonimo poeta. Meleagro ripete la minaccia a Polissenide, Stratone a Menippeo, Asclepiade a un ragazzo di cui non dice il nome, anch'egli ormai indesiderabile per lo stesso motivo: sono apparsi i peli!

Che questa regola fosse rispettata, poi (così come quella dell'età minima) è altro problema: a noi basta come indicazione per delineare il modello ideale del rapporto pederastico.

Il corteggiamento

I ragazzi erano oggetto di sconfinata ammirazione. Ma solo a condizione che fossero belli. Per contemplarne le grazie gli adulti si recavano nelle palestre, dove i giovani si esercitavano nudi, e discutevano delle loro attrattive. Per conquistarli, facevano loro doni: non certo regali costosi, non sarebbe stato conveniente, ma piccoli omaggi, una lepre, un gallo, oggetti per giocare, i dadi. I poeti, per celebrarli, scrivevano poesie, dalle quali emergono le regole del corteggiamento pederastico.

In una silloge di quasi millecinquecento versi attribuita a Teognide di Megara, un innamorato si rivolge al ragazzo prescelto e corteggiato, chiamato Cirno, cercando di persuaderlo della bontà dei suoi sentimenti e della serietà delle sue intenzioni. Ma il ragazzo resiste: cedere troppo presto non sta bene, la sua reputazione ne soffrirebbe. A quanto pare questo Cirno non si lascia facilmente convincere:

Io soffro ragazzo e tu non m'eccitare il cuore
perché l'amore tuo non mi porti
nel regno di Persefone. Bada all'ira divina,
a ciò che dice il mondo. Sii clemente.

Niente da fare, Cirno continua a respingere il corteggiatore:

Ragazzo fino a quando mi fuggirai? Ti cerco,
ti inseguo, vorrei giungere alla meta.
Hai la tua terra tu, ma sei protervo, altero
e fuggi: sei crudele come un falco.
Ti chiedo grazia, fermati, ché non a lungo avrai
i doni della dea cinta di viole.
Lo sai che il fiore dell'età bramata è più fugace
d'una pista di corsa. E tu lo sai,
fiero fanciullo, allenta i lacci...

La solita, vecchia minaccia: attenzione, il momento felice finirà presto, la tua bellezza sfiorirà. È toccata anche agli uomini questa paura, nella storia, non solo alle donne...

Ma Cirno faceva bene a resistere. Solo quando era sicuro che l'adulto lo amava veramente per le sue virtù, e non solo perché era bello, il *pais* poteva cedere senza essere mal giudicato. Sono molto interessanti questi versi, che possiamo leggere come la storia di un corteggiamento. Vero o letterario che esso sia, si svolge seguendo un modello chiaramente codificato, il cui rispetto consentiva che la relazione che poteva seguirne non venisse considerata segno di cedimento a un eros poco nobile, e come tale socialmente riprovato.

I poeti innamorati

Se Teognide è importante per conoscere le regole del corteggiamento, altri lirici lo sono come documento dei sentimenti e delle emozioni che i ragazzi suscitavano. Emozioni forti, intense, come ad esempio quelle di Anacreonte, uomo di carattere passionale, facile a soccombere alle grazie dei bei ragazzi: dal giovane Battillo, al tracio Smerdies, a Cleobulo, il più amato, colui al quale sono dedicate le liriche più belle:

Cleobulo io amo
per Cleobulo impazzisco
in Cleobulo m'incanto

scrive il poeta, che per conquistarlo chiede l'aiuto divino:

a Cleobulo sii buon consigliere
fa' che egli accolga,
Dioniso, il mio amore.

Chissà, forse la resistenza iniziale di Cleobulo è solo formale. Forse, semplicemente, Cleobulo vuole essere corteggiato con tenacia, con un'insistenza che lo convinca della serietà di Anacreonte. Così vuole la regola, lo sappiamo. Chissà se e quanto Anacreonte persisterà, chissà se Cleobulo cederà. Ma se non sarà lui, sarà un altro, Anacreonte è vittima frequente di Eros:

Eros, quel fabbro, con un grande maglio
di nuovo mi ha colpito
nel torrente invernale m'ha tuffato.

Sono tanti i ragazzi che ricevono dichiarazioni d'amore, sono tanti i poeti innamorati: Ibico ad esempio, vissuto a Reggio nel VI secolo a.C., era perso di fronte alla bellezza di Eurialo:

Eurialo, germoglio delle Grazie
azzurre, cura delle Muse
dai bei capelli, Cipride e Peito
occhi soavi
ti crebbero fra petali di rosa.

Quanti ragazzi amati, quanti versi per loro. E le donne? Perché non si scrivevano poesie per loro? Come accettavano la propensione dei loro uomini all'amore dei ragazzi?

Meglio i ragazzi o le donne?

Dovevano essere un problema non da poco i ragazzi, per le donne greche, vien fatto di pensare leggendo le liriche d'amore. E il pensiero si rafforza quando si pensa a un argomento che torna con insistenza nella letteratura greca: il confronto tra l'amore per un ragazzo e quello per una donna. L'idea che l'amore dei ragazzi sia superiore a quello delle donne appare per la prima volta in Teognide. Con le donne, dice il poeta, non è neppure possibile stabilire un rapporto:

S'affeziona, un ragazzo: d'una donna, non c'è amante
stabile: fa l'amore con chi capita.

I ragazzi, è vero, possono tradire; per loro spesso si soffre: ma l'amore è proprio questo.

L'amore di un ragazzo, averlo è bello, bello perderlo,
più facile trovarlo che goderlo.
Ne vengono infiniti guai, beni infiniti:
c'è qualcosa di bello anche così.

Un'opinione, quella di Teognide, che sarà condivisa da molti, ma che altri invece contrasteranno. Come accadrà, più avanti nel tempo, sul finire del I secolo d.C., nel dialogo di Plutarco intitolato *Amatorius*, una discussione fra amici avente a oggetto appunto questo tema.

Secondo Protogene, sostenitore dell'amore per i ragazzi, l'unione fra uomo e donna è necessaria per la procreazione. Ma dire che è vero amore sarebbe come dire che le mosche provano amore per il latte, o le api per il miele. L'attrazione per un ragazzo dalle buone qualità porta alla virtù, il desiderio per le donne, per bene che vada, consente solo piaceri momentanei della carne.

Assai più sfumato, va detto, il giudizio di Plutarco, che intervenendo nel discorso non disprezza l'amore per le donne. Ma il vero, deciso difensore dell'amore per le donne è Dafneo; l'amore per i ragazzi, egli dice, osa mettere in pericolo l'amore coniugale, che assicura l'immortalità al genere umano!

Una presa di posizione decisa, sembrerebbe. Ma attenzione, Dafneo parla solo dei rapporti matrimoniali. L'amore eterosessuale non finalizzato alla procreazione non viene neppure preso in considerazione.

Sin qui, un discorso teorico. Ma il confronto tra i meriti dei ragazzi e delle donne non viene fatto solo da questo punto di vista: divenuto un tema letterario alla moda, torna in composizioni poetiche che elencano in modo dettagliato meriti e demeriti, anche e soprattutto dal punto di vista fisico. Chi, come noi, è abituato al tono della lirica petrarchesca, resta inevitabilmente sorpreso di fronte all'insistenza – a volte cruda – sull'aspetto carnale del rapporto e la fisicità dell'amore, di cui offre un primo esempio, nell'*Antologia Palatina*, una poesia di Stratone:

Lo sfintere non funziona, il bacio della donna non
è semplice
dalla sua pelle non spira aroma schietto
manca quel dolce parlare da trivio, e l'occhio non è limpido;
quando una impara tutto questo è peggio:
frigide tutte di dietro. Ma – cosa più grave – la mano
errante... dove metterla non c'è.

A compensare questa presa di posizione ecco però Eratostene scolastico:

Maschi per altri! Conosco soltanto l'amore di donne
tenute in serbo per legami lunghi.
Che bruttura i ragazzi! Ribrezzo mi fanno quei peli,
così maligni, così svelti a crescere.

Tra i poeti dell'*Antologia Palatina* ci sono anche gli estimatori delle donne, dunque. Ma negli *Amores* dello pseudo-Luciano (sul finire del III secolo a.C.) i ragazzi sembrano avere la meglio. Anche qui c'è chi sostiene la superiorità dell'amore per le donne: è Caricle, secondo il quale l'amore dei ragazzi si basa sulla bellezza fisica, che rapidamente sparisce. Dopo i vent'anni i ragazzi diventano brutti, hanno fianchi larghi, gote ruvide e cosce coperte di peli. Le donne invece diventano brutte solo quando sono devastate dalle rughe (interessante mutamento di prospettiva, rispetto alla mentalità moderna: oggi l'invecchiamento è problema solo femminile). Callicratida però contesta una simile idea: il matrimonio, dice, è stato istituito per garantire le necessità della specie. Ma quel che si fa per necessità è inferiore a quel che ha un valore estetico. Le donne, fra l'altro, se le si vede al mattino, appena sveglie, sono bruttissime. Per questo spendono il loro tempo a truccarsi e profumarsi. I ragazzi invece sono belli e occupano nobilmente la giornata, coltivando corpo e spirito. Amare le donne fu una necessità originaria, amare i ragazzi una conquista della divina filosofia.

L'AMORE FRA LE DONNE

Saffo e il suo thiasos

Cosa succedeva se le frecce di Eros colpivano due donne? Che questo potesse accadere è ovvio. Lo abbiamo detto e ripetuto, Eros colpisce come vuole, come gli capita, senza regola alcuna.

A dimostrarlo stanno le poesie di Saffo, l'unica poetessa greca di cui ci sono giunte le opere, e uno dei più grandi poeti dell'Occidente.

Nata a Mitilene, nell'isola di Lesbo, attorno al 612 a.C., Saffo, figlia di Scamandronimo e di Cleis, apparteneva a una famiglia aristocratica. Come era normale, per non dire obbligatorio per tutte le ragazze greche, venne data in sposa giovanissima a un tal Cerchila, dal quale ebbe una figlia di nome Cleis. Una vita normalissima, dunque, attorno alla quale sono fiorite leggende sin dall'antichità. Qual era il suo aspetto fisico, per cominciare? Per il poeta Alceo, suo contemporaneo e conterraneo, Saffo è "pura, chioma di viola, dolce sorriso": una donna piena di fascino. Il poeta romano Ovidio, invece, scrive che la natura le aveva negato i doni della bellezza. Controverse anche le circostanze della sua morte: secondo alcuni si sarebbe innamorata del bellissimo Faone, ed essendo stata respinta si sarebbe suicidata gettandosi dall'alto di una rupe, a Leucade. Ma a giudicare dalle sue poesie, i suoi interessi sentimentali erano diversi: oggetto del suo amore non erano gli uomini, ma le donne, più precisamente alcune delle ragazze che frequentavano il circolo di cui era "maestra".

All'epoca di Saffo, prima di sposarsi le ragazze trascorrevano un certo periodo in comunità dette *thiasoi*, nelle quali sotto la guida di un'adulta si preparavano alla vita matrimoniale. Saffo era a capo di uno di questi *thiasoi.* Il suo compito era quello di educare le ragazze che ne facevano parte, insegnando loro il canto, la musica, la danza, gli strumenti che da giovanette incolte, qual erano quando entravano nel *thiasos*, le trasformavano in donne di cui, come dice Saffo stessa, sarebbe rimasto il ricordo. Ma Saffo non coltivava solo le doti intellettuali delle fanciulle. Da lei esse apprendevano anche le armi della seduzione: il modo di abbigliarsi, la grazia (*charis*) che le avrebbe rese affascinanti; e durante il periodo di vita comunitaria vivevano a volte esperienze amorose, spesso con la "maestra", di cui ci è rimasta traccia grazie alle sue poesie.

Gongila, una fra le più amate, suscitava nella poetessa un desiderio esplicitamente, ardentemente manifestato:

...Ti prego
Gongila, mostrati nella tua tunica
lattea: a te il Desiderio
vola intorno
a te così bella: questa veste
mi smarrisce a vederla: e io ne godo.

A un'altra, che lasciava il *thiasos* per andare sposa, Saffo dedica uno struggente saluto, un commiato che non consente molti dubbi sulla natura del sentimento che le ha unite:

Vorrei proprio essere morta.
Lei mi lasciava piangendo
molto e mi diceva:

"Ahimè, come terribilmente soffriamo,
Saffo: davvero contro il mio volere ti lascio".

E le risposi:
"Parti e sii felice, e ricordati
di me: tu sai quanto bene ti ho voluto.

E se non sai, io voglio
ricordartelo, se hai dimenticato,
quante cose dolci e belle abbiamo goduto.

Con corone di viole
m'hai adornato,
con collane di rose e di aneto

intorno al tenero collo hai intrecciato
molte ghirlande
composte di fiori amabili,

il tuo bel corpo hai unto
con essenza copiosa di fiori,
degna di una regina".

Ma la poesia più famosa non solo di Saffo ma di tutta la lirica greca è quella rivolta a un'altra allieva, già sposata, o in procinto di sposarsi, che Saffo immagina mentre parla e sorride a un uomo. I sintomi dell'amore e della gelosia sono quelli di un male fisico, così grave e incontrollabile da parere quasi mortale:

Sembra a me simile agli dèi
quell'uomo che siede di fronte
a te, e ascolta te che parli
soavemente

e sorridi amorosa: e questo
il cuore in petto mi smarrisce.
E come appena ti guardo,
la voce mi manca,

la lingua mi si spezza e un fuoco
sottile a un tratto s'insinua nelle membra
e con gli occhi non vedo nulla e rombano
le orecchie

il sudore m'inonda, un tremito
mi scuote tutta, sono più verde dell'erba,
sembro poco lontana
dal morire.

Difficile negare che Eros ("dolceamara invincibile fiera", come in una celebre definizione di Saffo) abbia colpito due donne. Con quali conseguenze, nella Grecia dell'epoca?

Quando due donne si amano

Quando Saffo scriveva, le esperienze amorose tra due donne, sempre che avessero luogo nel periodo di vita comunitaria che precedeva il matrimonio, potevano essere vissute liberamente, senza suscitare riprovazione sociale. Ma Saffo scrisse in un momento in cui le strutture politiche non erano ancora pienamente consolidate, o quantomeno consentivano ancora che, al loro interno, sopravvivessero usanze di un periodo antecedente, ben presto cancellate dalla polis. Saffo è testimone unica di un periodo e una mentalità che dopo di lei scomparvero, cancellate dalla rigorosa organizzazione cittadina, che negò alle donne qualunque esperienza sentimentale e sessuale al di fuori del matrimonio. Il che non significa, ovviamente, che da quel momento in poi non nacquero più amori fra donne. Significa, però, che il giudizio sociale cambiò radicalmente. Se in età cittadina le frecce di Eros colpivano due donne, queste non avevano altra scelta che reprimere o nascondere quell'amore. I codici della sessualità maschile e femminile, lo abbiamo già detto, erano molto diversi: mentre due uomini che si amavano, sempreché rispettassero le regole del rapporto pederastico, erano liberi di vivere e manifestare il loro sentimento, alle donne questa possibilità non era concessa mai, in alcun caso. Che esistessero donne che provavano attrazione sessuale reciproca era cosa che i greci ovviamente sapevano, ma che disapprovavano senza scampo. Il loro atteggiamento, di fronte al problema, era la negazione: dell'amore fra donne non si parlava, quasi che ignorandolo venisse cancellato.

LA PAROLA AI FILOSOFI

Cosa pensavano i filosofi dell'amore, della sua natura, dei suoi effetti su chi ne era vittima, del ruolo sociale e politico dei rapporti amorosi? Quale tipo di amore privilegiavano, dal punto di vista etico e culturale? E, spostandoci su un altro piano: come vivevano i rapporti d'amore nella vita quotidiana?

Sia pure meno interessante dal punto di vista teorico, quest'ultima domanda ci consente di intuire quale fosse per i pensatori greci il rapporto fra teoria e pratica (o quantomeno, di chiederci quale potesse essere): e le sia pur scarse informazioni in materia riservano, a questo proposito, alcune sorprese.

Ma di quali filosofi stiamo parlando? I nomi sono tanti, le scuole filosofiche numerose. Ovviamente, dobbiamo limitarci, e inevitabilmente la scelta non può che cadere sui tre grandi nomi della filosofia ateniese: Socrate, Platone e Aristotele.

Socrate

Socrate era sposato con Santippe, passata alla storia – chissà mai perché – come il prototipo della moglie prepotente, petulante e brontolona. Di lei e dei suoi rapporti con il marito sapremmo ben poco se non fosse per un episodio piuttosto significativo.

Condannato a morte, Socrate è in carcere in attesa di bere la cicuta (una bevanda ricavata da un'erba che, si diceva, dava una morte "dolce", senza sofferenze). Imperturbabile come sempre, riceve i suoi allievi discutendo con loro dell'immortalità dell'anima, quand'ecco arrivare per l'ultima visita Santippe, che piange e si dispera. Socrate, infastidito, senza degnarla di una parola e di uno sguardo, rivolgendosi a uno degli allievi ordina: "O Critone, qualcuno la porti via di qui, la riaccompagni a casa".

Povera Santippe, che per tutta la vita, oltre alla scortesia del marito, aveva dovuto sopportare, com'era abituale per le mogli greche, anche la concorrenza dei ragazzi... E che a Socrate i bei fanciulli piacessero è fuor di dubbio. Racconta il suo allievo Platone, ad esempio, che egli era così attratto dalla bellezza di Carmide (il ragazzo da cui prende il nome uno dei dialoghi platonici) che nel corso di una conversazione, quando lo sguardo gli era caduto sotto la tunica di Carmide, Socrate ne era rimasto letteralmente sconvolto: il sangue gli era salito alla testa, aveva perso il controllo, gli sembrava di essere dilaniato dagli artigli di una belva...

Ma questo non significa che, seppur sensibile alle grazie dei giovanetti, Socrate cedesse alle tentazioni della carne. Al contrario, egli rifuggiva dai rapporti fisici, come chiaramente dimostra un celebre episodio che riguarda il suo legame con Alcibiade, il giovane bellissimo e sfrontatissimo che apertamente e insistentemente lo corteggiava.

Anche se fortemente attratto da Alcibiade, infatti, Socrate resisteva, non cedeva alle lusinghe, opponeva una fermo rifiuto a ogni proposta che comportasse una relazione fisica. A raccontarlo (nel *Simposio* di Platone) è lo stesso, delusissimo Alcibiade:

Rimanevo solo con lui, dunque, amici, e pensavo che avrebbe cominciato a conversare su quegli argomenti di cui parlano un amante e un amato, quando sono soli, ed ero contento. Invece, niente di questo accadeva: dopo aver conversato e aver tra-

scorso tutta la giornata, alla fine se ne andava. A questo punto lo invitai agli esercizi ginnici, e mi esercitavo con lui, sperando di concludere qualcosa. Egli faceva ginnastica e si esercitava nella lotta con me, spesso senza che nessuno fosse presente. Che dire? Non combinai nulla [...] Perciò lo invitai a cena, tendendogli una trappola, proprio come un amante all'amato [...] la prima volta che venne voleva andarsene subito dopo cena; e quella volta lo lasciai andare, perché ebbi vergogna. Ma un'altra volta mi organizzai meglio e dopo aver cenato continuai a conversare sino a tarda notte e quando se ne voleva andare lo trattenni con il pretesto che era tardi. Egli riposava, dunque, nel letto accanto al mio, e in quella camera non dormivamo che noi due. Ebbene amici, appena la lampada fu spenta e i servitori furono usciti, pensai che fosse inutile ricorrere ancora a sotterfugi, e fosse giunto il momento di esprimere liberamente quel che pensavo. Perciò, scuotendolo, gli dissi:

"Socrate, dormi?".

"Per niente" rispose.

"Allora, sai cos'ho pensato?"

"Che cosa?"

"Tu mi sembri, gli dissi, il solo uomo degno di divenire il mio amante, eppure mi pare che esiti a dichiararti..."

Difficile essere più espliciti. Ma Socrate tergiversa, e Alcibiade passa alle vie di fatto:

Alzatomi, senza dargli modo di dire più nulla, lo coprii con questo mio mantello – era inverno –, mi distesi sotto il suo e gettate le braccia intorno a quest'uomo veramente demoniaco e meraviglioso, rimasi così tutta la notte.

Ma Socrate, conclude l'oltraggiatissimo Alcibiade,

nonostante quel che avevo fatto, non diede segno di apprezzare, non tenne alcun conto del fiore della mia bellezza, ma lo disprezzò [...] per tutti gli dèi e le dee, dopo aver dormito con Socrate mi alzai proprio come se avessi dormito con mio padre o con un fratello maggiore.

Dobbiamo pensare che Socrate resistesse ad Alcibiade perché, pur essendone attratto, era contrario ai rapporti fisici con i ragazzi? Certamente no, non era questo il punto. La ragione era un'altra: era la sua etica di vita, ispirata al perseguimento della continenza. La continenza sessuale si inscriveva nell'aspirazione generale a un modello di comportamento che imponeva il controllo di sé in ogni campo. Perché la mente potesse dominare il corpo, pensava Socrate, era necessario raggiungere la pienezza dell'esperienza, e la sessualità era un settore fondamentale di questa. Che oggetto del desiderio sessuale fossero le donne o i bei ragazzi, dunque, per lui non faceva differenza. Nel suo rifiuto dei rapporti fisici il problema del sesso dell'oggetto d'amore non giocava il benché minimo ruolo: la sessualità andava sempre e comunque controllata. E a quanto sembra di poter dedurre dal racconto di Alcibiade, Socrate non si limitava a predicare questo modello di vita, ma si impegnava anche a praticarlo.

Il che non significa che la coerenza con i principi accompagnasse tutte le sue pratiche di vita. Assai meno coerente con quanto andava predicando, infatti, appare il suo rapporto con le donne, o quantomeno con la moglie Santippe.

Sui rapporti uomo-donna, infatti, e sulle "virtù" delle donne, vale a dire sulle loro capacità intellettuali e morali, Socrate aveva idee diverse da quelle dei suoi concittadini.

Per lui la "differenza" femminile non si traduceva inesorabilmente in inferiorità: le donne non erano inferiori agli uomini per natura, ma solo perché non veniva impartita loro alcuna educazione. Di conseguenza, era dovere dei mariti insegnare alle mogli a essere delle buone compagne e a contribuire al pari degli uomini al bene della famiglia. Così andava dicendo Socrate quando veniva interrogato in materia: istruendo le mogli, gli uomini avrebbero anche evitato che queste fossero le persone con cui avevano minor dialogo. Non c'è dubbio, sulla "questione femminile" egli aveva idee straordinariamente avanzate: arrivava addirittura ad ammettere che alcune donne avevano saggezza superiore alla sua. Una volta, quando gli avevano chiesto se le buone mogli erano tali per merito dei mariti, la risposta era stata: "Chiedete ad Aspasia (la concubina di Pericle, una straniera coltissima di cui Socrate aveva grande stima). In materia ne sa molto più di me". Un'ammissione pressoché incredibile, da parte di un ateniese.

Questo era quel che Socrate, teoricamente, pensava dei rapporti matrimoniali. Ma il suo rapporto con Santippe era davvero ispirato a questi principi? L'episodio dell'ultima visita al carcere lascia a dir poco perplessi. Su questo piano, per quel che ci è dato sapere, non possiamo dar credito a Socrate di grandissima coerenza.

Platone

Il *Simposio* è il trattato più ampio sull'amore che ci sia pervenuto dall'antichità. Un trattato che, come sempre in Platone, assume la forma di un dialogo: nel corso di un banchetto si decide che l'argomento della conversazione sarà l'amore.

Tra i partecipanti alla discussione – ciascuno dei quali, a turno, pronuncerà un elogio di Eros – ci sono Fedro, Pausania, Aristofane e Socrate.

Per Fedro, che è il primo a parlare, amore è "causa di grandissimi beni". Nulla infatti è meglio, per un giovane, che avere un buon amante, così come per un amante nulla è meglio che avere un amato. La ragione è evidente: l'amore spinge ad agire nel modo migliore e più degno. Solo l'amore, infatti, fa sì che un uomo si vergogni se viene scoperto a commettere azioni indegne: se a scoprire la sua malvagità o la sua viltà sono il padre, gli amici, o chiunque altro, la cosa non ha lo stesso effetto. Di conseguenza, nessuna città potrebbe essere governata meglio di una città formata da coppie di amanti e di amati: in guerra, combattendo gli uni accanto agli altri, questi preferirebbero lasciarsi uccidere piuttosto che essere visti abbandonare le fila o gettare le armi.

L'amore di cui parla Fedro non è quello fra uomo e donna: è quello pederastico.

Né le cose cambiano molto quando, dopo di lui, prende la parola Pausania. Non esiste un solo tipo di amore, ne esistono due, egli specifica. Uno è ispirato da Afrodite Celeste, l'altro da Afrodite Volgare.

La prima differenza consiste nel fatto che chi è ispirato da Afrodite Volgare (attenzione, questo "chi" è evidentemente un uomo: le donne non vengono prese in considerazione come soggetti amanti) ama indifferentemente uomini e donne, e, amando più il corpo che l'anima, si rivolge a persone poco intelligenti... Chi è ispirato da Afrodite Celeste, invece, ama i ragazzi, prediligendo ciò che per natura è più forte e intelligente.

Se, nel discorso di Fedro, all'amore per i ragazzi viene dedicata la massima attenzione, in quello di Pausania esso viene esplicitamente dichiarato superiore all'amore per le donne.

Esattamente come nel discorso di Aristofane, al quale dobbiamo il racconto di un mito celeberrimo.

In origine, narra Aristofane, i sessi non erano solo due, erano tre. Gli esseri umani, un tempo, erano diversi da come siamo noi: avevano la forma di una sfera e si muovevano rotolando su quattro mani e quattro piedi. Ciascuno di essi aveva due volti, ai lati opposti della sfera, e, sempre ai lati della sfera, due organi sessuali. Alcuni di questi esseri avevano due organi sessuali maschili, altri avevano due organi sessuali femminili, altri ancora (gli ermafroditi) un organo maschile e uno femminile.

Senonché, un giorno, essendo divenuti troppo arroganti,

vennero puniti da Zeus, che tagliò ciascuno di loro a metà. E a partire da quel momento ciascuna metà cominciò a cercare la metà perduta: chi in origine era interamente uomo cominciò a cercare un altro uomo; chi era stato interamente donna cominciò a cercare un'altra donna; chi era stato ermafrodito cominciò a cercare persone dell'altro sesso.

Una storia bella, non c'è che dire; una storia romantica, in un'epoca in cui il romanticismo non esisteva. Ma qual è la morale? Aristofane lo spiega in modo chiaro, esplicito, inesorabile: le donne che cercano altre donne sono le *etairistriai*, parola estremamente spregiativa per indicare, appunto, le donne attratte da persone dello stesso sesso.

Gli uomini che cercano altri uomini, invece, sono i migliori tra gli individui di sesso maschile. Essi esprimono al meglio la virilità; quando diventano adulti sono i più adatti a essere buoni politici; contraggono matrimonio per convenienza sociale, ma sarebbero felici di vivere tra di loro, senza donne. Quelli che provengono dall'ermafrodito sono grandi amatori di donne, e tra loro si trovano perlopiù gli adulteri.

Che l'amore dei ragazzi sia la forma più alta di amore appare dunque cosa assodata e condivisa, sino al momento in cui tocca a Socrate prendere la parola.

A questo punto, infatti, l'ottica del discorso cambia. A istruirmi nelle cose d'amore, egli dice, è stata Diotima. Ancora una volta Socrate riconosce che una donna può essere più sapiente di lui: in questo caso Diotima di Mantinea, una sacerdotessa dalla quale ha appreso la storia della nascita di Amore. Una storia diversa da quella che già conosciamo, meno nota ma non meno interessante.

Amore, nel racconto di Diotima, viene concepito durante il banchetto con cui gli dèi celebrano la nascita di Afrodite. Al termine del festeggiamento giunge Penìa (la Povertà), per mendicare gli avanzi del cibo, e mentre se ne sta sulla porta vede Poros (l'Espediente), addormentato a causa del troppo nettare (il vino, allora, non esisteva ancora). Povera quanto intraprendente, Penìa senza por tempo in mezzo si sdraia accanto a Poros e concepisce Eros, l'amore.

Data l'occasione nella quale è stato generato, dunque, Amore è amante del bello come Afrodite. Ma, in quanto figlio di Penìa, "è tutt'altro che delicato e bello, come credono i più, ma ruvido, ispido, scalzo e senza dimora". Egli partecipa anche dell'indole del padre: e poiché Poros è figlio di Metis, egli "tende insidie ai belli e nobili. Ha coraggio, è impavido e veemente, temibile cacciatore, infaticabile nell'escogitare astuzie, desideroso di conoscere e ricco di risorse... incantatore terribile, preparatore di filtri, ragionatore capzioso. La sua natura non è immortale né mortale... muore e poi ritorna alla vita grazie alla natura del padre".

Questa, dunque, la natura di Amore, questo "demone" né mortale né immortale, grazie al quale, tuttavia, è consentito ai mortali di raggiungere l'immortalità. La procreazione infatti lascia sempre un essere nuovo al posto del vecchio, e "con questo espediente [...] il mortale partecipa dell'immortalità, per quanto riguarda il corpo e ogni altra cosa".

Amore garantisce l'immortalità attraverso la riproduzione, dunque. Ma attenzione: la riproduzione non è solo quella biologica. Infatti

quelli che sono fecondi nel corpo si rivolgono di preferenza alle donne, e realizzano il loro amore, credendo di raggiungere l'immortalità, il ricordo e la felicità per tutto il tempo futuro procreando figli. Quelli invece che sono fecondi nell'anima – perché ce ne sono, di fecondi nell'anima, più ancora che nel corpo – sono più interessati alle cose che vengono partorite dall'anima [...] la saggezza e ogni altra virtù, cioè quelle cose create dai poeti e dagli artigiani che vengono chiamati inventori. E la forma di saggezza più grande e più bella è quella che riguarda gli ordinamenti delle città e delle case, il cui nome è temperanza e giustizia.

Anche se generare saggezza è dunque, forse, più nobile che generare corpi, il rapporto d'amore tra uomini e donne, nella visione di Diotima (che è poi quella di Socrate, nel racconto che ne fa Platone), viene prospettato in una luce ben diversa da quella che emerge dagli altri discorsi. Al di là delle contraddizioni personali, il Socrate platonico in tema d'amore si dimostra ancora una volta veramente molto diverso dai suoi concittadini. Anche questa, probabilmente, era una delle ragioni per cui non veniva tollerato dagli ateniesi benpensanti.

Infine, per completare il quadro di quel che Platone pensava dell'amore per le donne, vale la pena ricordare un passo delle *Leggi*, da lui dettate per la città immaginaria di Magnesia: nel matrimonio – egli dice – le donne, per natura più inclini al sotterfugio e all'astuzia, devono essere sottoposte al controllo del marito. E nel *Timeo*, esponendo la teoria della metempsicosi (secondo la quale gli esseri umani, al termine della vita, tornano all'astro dal quale provengono), spiega che coloro che hanno ben vissuto vivono sul loro astro una nuova vita felice; coloro, invece, che sono stati codardi e sono vissuti nell'ingiustizia, alla seconda nascita si tramutano in donne, secondo il progetto "di quelli che li composero, che sapevano che da loro sarebbero nate le donne e gli altri animali". Anche se non accennano direttamente all'amore, entrambi i passi suggeriscono che – nella gerarchia del filosofo – l'amore per le donne non occupava certo il primo posto.

Aristotele

Della vita sentimentale di Aristotele sappiamo ben poco. La tradizione dice che aveva una moglie, un'amante di nome Phyllis, e che ebbe una storia d'amore con un giovane allievo, di cui non conosciamo il nome, proveniente dalla città licia di Phaselis.

Una moglie, un'amante, qualche relazione pederastica: normale amministrazione, insomma. Questo, quel poco che sappiamo della sua vita privata. Di quel che pensava dei rapporti amorosi sul piano teorico abbiamo, invece, informazioni più ampie.

Aristotele, infatti, era molto interessato all'analisi dei rapporti emotivi, dei quali esamina le diverse forme nei trattati di etica, e alla cui natura e funzione sociale fa interessanti riferimenti anche nella *Politica*.

La parola chiave attorno alla quale si organizzano le sue riflessioni è *philia*, abitualmente tradotta con "amore". Ma – pur senza entrare nelle complesse discussioni in materia – è indispensabile ricordare che la parola *philia* indica una relazione emotiva che si manifesta in rapporti molto diversi tra loro, che vanno dall'amicizia all'amore materno, al legame tra marito e moglie. E che, a proposito di quest'ultimo tipo di amore, Aristotele formula alcune considerazioni molto interessanti, che, come d'altronde tutto il suo pensiero, hanno avuto effetti plurisecolari sul pensiero occidentale.

Gli esseri umani, egli osserva, sono portati per natura ad accoppiarsi. E non lo fanno solo per riprodursi, come gli animali. Gli esseri umani lo fanno anche per assicurarsi una buona vita, organizzando il lavoro e dividendo i beni. L'amore coniugale è un sentimento che può basarsi sulla considerazione della virtù dell'altro coniuge: tanto gli uomini quanto le donne, infatti, posseggono diverse, specifiche virtù. A rinsaldare il legame tra marito e moglie contribuiscono infine i figli: non a caso i matrimoni senza figli sono più facili a dissolversi.

Tra marito e moglie esiste dunque (o quantomeno può esistere, ed è bene che esista) un rapporto d'amore, che per Aristotele è al tempo stesso utile e piacevole (superfluo dire che l'amore di cui egli parla non è il dio alato, dalle frecce micidiali e dai disegni imprevedibili). Ma che Aristotele si concentri su questo tipo di amore è cosa che non può sorprendere. L'*oikos*, infatti, la famiglia, è il nucleo centrale del suo progetto politico: inevitabile, dunque, che sia questo il tipo di amore che gli interessa; un amore pacato, che lega due persone i cui rapporti sono inevitabilmente segnati dalla diversità sessuale, così come egli la intende ed espone nella *Politica*.

In cosa consistesse la diversità tra marito e moglie, per Aristotele, è presto detto: per cominciare, nel fatto che "il maschio è più adatto al comando della femmina, tolte alcune eccezioni contro natura". All'uomo, dunque, compete il comando sia nella polis sia nella famiglia. Il marito infatti, come tutti gli uomini, possiede nella sua pienezza il *logos* e quindi la capacità di deliberare; la donna invece ha una ragione minore e imperfetta, incapace di controllare la sua parte concupiscibile: alla donna, insomma, non manca del tutto la parte deliberante, ma la possiede "senza autorità". Di conseguenza, il rapporto tra marito e moglie è caratterizzato dal fatto che l'uomo ha sulla donna "l'autorità dell'uomo di Stato". Ma mentre l'autorità dell'uomo di Stato comporta un'alternanza di comando fra i cittadini, nel rapporto uomo-donna non c'è alternanza: "nella relazione del maschio verso la femmina l'uno è per natura superiore, l'altra è comandata, ed è necessario che fra tutti gli uomini sia proprio in questo modo".

Difficile, a questo punto, resistere alla tentazione di ricordare l'iconografia che rappresenta Aristotele a terra, a quattro zampe, cavalcato da una donna.

L'immagine si riferisce a una leggenda raccontata durante una predica da un famoso uomo di Chiesa, nel XIII secolo: un giorno Aristotele rimproverò Alessandro il Macedone, di cui era precettore. Secondo il filosofo, Alessandro trascurava gli affari di Stato per la moglie. Quando questa venne a conoscenza dell'accusa che le veniva indirettamente mossa ne fu profondamente indignata e decise di vendicarsi. Il primo passo consisté in un'abile ed evidentemente efficace azione di seduzione: Aristotele cadde nella trappola e si innamorò di lei. La donna gli promise allora che gli avrebbe concesso i suoi favori se le avesse consentito di montare a cavallo sulla sua schiena: Aristotele acconsentì. Non immaginava, povero Aristotele, che il suo allievo, avvertito dalla moglie, se ne stava nascosto a godersi lo spettacolo.

Ma come tutte le leggende, anche questa ha più di una versione. Secondo un'altra tradizione, che rapidamente si diffuse ottenendo grande successo, Alessandro si sarebbe trovato per caso ad assistere alla scena di Aristotele cavalcato dalla sua amante Phyllis.

Ironia del destino: il grande teorico del comando maschile raffigurato mentre viene cavalcato da uno degli esseri dei quali si era impegnato con tanta convinzione a dimostrare l'inferiorità.

SPRAZZI DI MISOGINIA

Pandora, l'Eva greca

Se, di norma, i filosofi non avevano una grande opinione del genere femminile, ancora peggiore, e saldamente radicata in un'antica tradizione, era l'opinione che ne avevano altri greci. Tornando indietro di alcuni secoli, ne troviamo una prima, impressionante manifestazione in Esiodo, il poeta contadino vissuto nel VII secolo a.C.

Esiodo è il testimone importante di un mondo radicalmente diverso sia da quello degli eroi omerici, sia da quello dei poeti lirici: il mondo dei contadini che coltivavano la terra poverissima di Grecia – in particolare della Beozia –, che a stento in cambio di grandi fatiche restituiva lo stretto necessario alla sopravvivenza. Ma oltre a fornire informazioni preziose sulla storia sociale ed economica della Grecia del suo tempo, Esiodo è importante anche perché grazie a lui conosciamo la storia di Pandora, la prima donna, l'Eva greca.

Di Pandora Esiodo parla sia nella *Teogonia* sia ne *Le opere e i giorni*. Chi era esattamente Pandora? Come, quando, perché giunse sulla terra? Cominciamo dal perché: per cambiare la vita dell'umanità, rendendola per sempre infelice. Un tempo, infatti, gli uomini vivevano senza guai, senza malattie, senza problemi. Ma un giorno Prometeo rubò il fuoco agli dèi e lo diede agli esseri umani: grazie a lui, la stirpe dei mortali possedeva lo strumento che le avrebbe consentito di intraprendere la strada del progresso, accorciando la distanza che la separava dagli immortali.

Prometeo meritava una punizione, e Zeus gliela inflisse. Nella *Teogonia*, legato a una colonna, egli viene tormentato da un avvoltoio che ogni giorno gli mangia il fegato; e poiché ogni notte il fegato ricresce, il suo supplizio non ha mai fine. Nel *Prometeo incatenato* di Eschilo (o comunque a questi attribuito), per ordine di Zeus egli viene condotto da Kratos e Bie ("Forza" e "Violenza") ai confini del mondo, per essere incatenato a una roccia, immobilizzato con catene di ferro che lo serrano ai piedi, alle caviglie, alle ginocchia, ai fianchi, alle braccia; e in questa incomoda posizione viene abbandonato a una sofferenza eterna.

Ma la punizione di Prometeo non era sufficiente, bisognava che non solo lui, personalmente, ma l'intero genere umano soffrisse. Ed ecco Zeus all'opera con la collaborazione degli altri dèi per costruire un essere dotato di tutte le caratteristiche adatte allo scopo: Pandora (da *pan*, "tutto" e *doron*, "dono") .

Fatta di terra e acqua, Pandora è costruita da Efesto "simile" a una casta vergine; Afrodite le regala grazia, capacità di sedurre (*charis*), "desiderio struggente", "affanni che fiaccano le membra"; Ermes le dona "mente sfrontata", "indole ambigua", "menzogne" e "discorsi ingannatori". Nessuna sorpresa se questo "male così bello" è un "terribile flagello", "una trappola alla quale non si sfugge". Quando giunge fra gli uomini, questi imparano a conoscere l'infelicità, che resterà in eterno con loro. Pandora è, in sé, per la sua stessa natura, un male dalle conseguenze funeste: da lei nasce "il genere maledetto", "le tribù delle donne".

Ma non è tutto: nelle *Opere e i giorni* Esiodo ci racconta anche un'altra storia.

Pandora, egli dice, fu mandata da Zeus nella casa di Epimeteo, il fratello di Prometeo. A differenza di questi, che prevedeva (questo è il significato del suo nome), Epimeteo vedeva dopo, capiva in ritardo: nonostante Prometeo lo avesse avvertito di non accettare doni da Zeus, accoglie Pandora e sedotto dalla sua bellezza la sposa: e qui cominciano i guai.

Nella casa di Epimeteo c'è un vaso dal contenuto misterioso. Dono di Zeus a Pandora, il vaso – ermeticamente chiuso – non deve essere aperto per nessuna ragione. Inutile a dirsi, Pandora, non resistendo alla curiosità, lo scoperchia, facendone uscire quello che vi è contenuto: tutte le calamità del mondo. Atterrita, la donna lo richiude precipitosamente. Ma è troppo tardi, i mali sono già volati via, disperdendosi fra gli uomini, ovunque essi abitino. Sul fondo rimane solo Elpis, la speranza. Dopo l'intervento di Pandora, è tutto quel che resta all'umanità.

Le donne secondo Semonide

Non c'è che dire, una storia molto significativa, quella della Eva greca: soprattutto se a essa se ne aggiunge un'altra, quella raccontata dal poeta Semonide di Amorgo.

Anche Semonide, in un poema noto come il *Giambo sulle donne*, spiega nei dettagli quella che egli ritiene l'indole femminile.

Alcune donne, dice Semonide, sono fatte di acqua, altre di terra. Quelle fatte di terra, gli dèi le fecero minorate: non distinguono il bene dal male, pensano solo a mangiare. Quelle che vengono dal mare, invece, come il mare hanno due nature: un giorno sono felici, rallegrano la casa, sembrano le donne migliori del mondo; il giorno dopo sono inavvicinabili, danno in escandescenze, attaccano amici e nemici, senza distinzione, come cagne che difendono i cuccioli.

Ma ci sono femmine ancora peggiori: quelle che derivano da animali di cui posseggono le caratteristiche. C'è quella che viene dalla scrofa: vive in una casa lercia, non si lava mai, indossa abiti sporchissimi e ingrassa, rotolandosi nel letame. Un'altra deriva dalla volpe: sa tutto, controlla tutto, ma si adegua agli eventi, e vi si adatta; un'altra ancora dalla cagna, vagola per la casa uggiolando, latrando, non si acquieta mai, neppure se la bastoni; quella che viene dall'asina è diversa: è paziente e lavoratrice, mangia rincantucciata vicino al fuoco, puoi bastonarla e non protesta. Ma neppure lei è perfetta, dato che è pronta a fare l'amore con chiunque.

Quel che Semonide pensa delle donne è già sufficientemente chiaro, ma vale la pena proseguire sino alla fine il suo incredibile elenco.

La donna-gatta è semplicemente funesta: non ha grazia né fascino, ruba, ingoia le offerte sacrificali prima che possano essere offerte agli dèi; ed è a tal punto ninfomane da dare il voltastomaco. Diversa la cavalla, raffinata e curatissima, con i capelli pettinati e adorni di fiori, un vero spettacolo per gli occhi: ma un vero e proprio disastro per chi la sposa, a meno che non sia un re.

La peggiore di tutte, comunque, è la scimmia: è così brutta che tutti ridono di lei. Non ha collo, è goffa nei movimenti, rinsecchita e non ha natiche. Come se non bastasse, non pensa ad altro che a far del male: è la sventura più grave che Zeus ha mandato in terra.

Sorprende quasi, dopo un simile elenco, che ci sia una donna che si salva: è quella che viene dall'ape. Ama il marito e invecchia accanto a lui, alleva devotamente i figli, non ama parlare di sesso con le altre donne. Beato chi la sposa. Ma attenzione, i versi finali del poema fanno pensare che simili donne, nella vita reale, non esistano affatto: anche se pare che le donne servano a qualcosa, conclude Semonide, esse sono un guaio per chi le sposa. Chi sta con una donna non ha un giorno di pace; se arriva un ospite farà bene a stare attento: la donna che sembra la migliore è proprio quella che ti rende lo zimbello dei vicini. La donna ape è scomparsa.

A questo punto, diventa inevitabile cercare qualche conforto. E a farci almeno in parte dimenticare la misoginia di Semonide ci soccorre, fortunatamente, un frammento di poesia conservato nelle *Anacreontee* (imitazioni tardoantiche della poesia di Anacreonte):

Ai tori, la natura ha dato le corna, ai cavalli le unghie,
alle volpi la velocità, ai leoni una temibile dentatura;
ha fatto i pesci adatti a nuotare, gli uccelli a volare,
agli uomini ha dato il senno, alle donne nulla. Ma ecco
che alle donne, invece delle lance, invece degli scudi,
dà la bellezza. E la donna bella vince ferro e fuoco.

Certo, alle donne la natura non ha dato il senno, che solo gli uomini possiedono: una radicata, profonda convinzione dei greci, alla quale abbiamo già accennato e sulla quale torneremo. Quantomeno, comunque, questo ignoto poeta apprezzava la bellezza femminile. Ma tornando a Semonide, quel che va detto è che anche se la sua misoginia è veramente speciale, questo non toglie che dal suo *Giambo* e dal racconto della nascita di Pandora si possano trarre alcune indicazioni: gli uomini greci diffidavano delle donne.

Le donne, la "razza maledetta", avevano un potere che nessuno poteva togliere loro: i figli nascevano dal loro corpo. Inevitabile, dunque, la necessità di controllare quel corpo, di assicurare un sistema sociale di riproduzione che desse agli uomini la certezza che le donne partorissero solo i figli che essi volevano, e che questi figli fossero sottoposti al loro potere. Necessità primaria, anche perché, pensavano i greci, il piacere che le donne provavano nell'atto sessuale, se non controllato, era eccessivo. Così insegnava un celebre, mitico episodio. Quello dell'indovino Tiresia.

Intermezzo mitico

A Tiresia, tebano, figlio di Evere e della ninfa Cacicco, era capitata un'avventura straordinaria: nel corso della vita era stato sia uomo, sia donna. Le ragioni di questa eccezionale

esperienza erano legate a un incidente, occorsogli un giorno mentre passeggiava sul monte Citerone (alcuni dicevano sul monte Cillene in Arcadia). Avendo sorpreso due serpenti che si accoppiavano, Tiresia li aveva separati con il bastone: nell'antichità si credeva che assistere all'accoppiamento di due serpenti fosse un cattivo auspicio. Ma, nel separarli, egli aveva colpito il serpente femmina, e per punizione era stato trasformato in donna. E donna rimase per sette anni, fino a quando tornò a incontrare gli stessi serpenti che si accoppiavano e uccise il maschio: a questo punto fu ritrasformato in uomo.
Essendo l'unico essere (mortale o immortale che fosse) ad aver avuto una simile esperienza, un giorno Tiresia venne interpellato da Zeus e da Era che, come spesso accadeva, stavano litigando. Oggetto del contendere era il seguente quesito: durante l'atto sessuale provano più piacere gli uomini o le donne? L'unica persona che potesse rispondere con cognizione di causa era Tiresia. E Tiresia rispose: dividendo in dieci parti il piacere che l'accoppiamento provoca, l'uomo ne prova una parte, la donna nove.
La risposta mandò su tutte le furie Era: Tiresia aveva svelato un segreto che le donne si guardavano bene dal rivelare, e per punirlo lo privò della vista; Zeus, per compensarlo, gli diede il dono della divinazione e la possibilità di vivere assai più a lungo di qualunque altro essere umano: secondo quanto si diceva, ben sette generazioni.

Il dibattito sulla riproduzione

Oltre all'idea che le donne provassero più piacere di loro nell'accoppiamento, agli uomini greci non piaceva affatto l'idea che esse avessero il potere di generare. Certo, i figli nascevano dal corpo materno. Ma questo non significava che le donne avessero un ruolo importante nella riproduzione. Al problema, dunque, dedicarono tempo e riflessione, sviluppando interessantissime teorie sul ruolo dei due sessi nel momento del concepimento e in quello della gravidanza.

Secondo Ippone, e più in generale gli stoici, il figlio nasceva solo dal padre. Altri, più ragionevolmente, ammettevano che la madre contribuisse all'evento: questo era quel che pensavano ad esempio personaggi come Anassagora, Parmenide, Empedocle, Democrito, Epicuro e Ippocrate. Ma colui che disse la parola che restò a lungo definitiva in materia fu Aristotele.

Una teoria, quella di Aristotele, veramente indimenticabile. Anche le donne, disse il filosofo, hanno un ruolo nella riproduzione. Accanto allo sperma, infatti, alla formazione dell'embrione contribuisce il sangue mestruale: ma con un ruolo diverso. Lo sperma è sangue, come quello mestruale, ma più elaborato. Il sangue altro non è che il cibo che non viene espulso dall'organismo, trasformato dal calore: ma la donna, essendo meno calda dell'uomo, non può compiere l'ultima trasformazione, quella che dà luogo allo sperma. Nella riproduzione, quindi, è il seme maschile che "cuoce" il residuo femminile, trasformandolo in un nuovo essere. In altre parole il seme ha un ruolo attivo, il sangue femminile un ruolo passivo. Anche se indispensabile, dunque, il contributo femminile è quello della materia, per sua natura passiva, con cui la donna si identifica; l'apporto maschile invece è quello attivo e creatore dell'uomo, che è forma e spirito.

Finalmente Aristotele dava veste scientifica a una convinzione che i greci avevano da tempo, e che anche intellettuali come Eschilo avevano condiviso. Nell'*Orestea*, lo abbiamo visto, il matricida Oreste viene assolto sulla base dell'affermazione (fatta da Apollo) che "non è la madre la generatrice di quello che è chiamato suo figlio; ella è la nutrice del seme in lei seminato. Il genitore è colui che la feconda: ella si limita a ospitarlo in sé, salvando il germe, quando un dio non l'abbia già distrutto".

Alla luce di queste concezioni, sorprende meno la pressoché totale mancanza di riconoscimento del ruolo materno nella società ateniese. Così come non hanno un ruolo attivo e creatore nella riproduzione biologica, allo stesso modo le donne non hanno un ruolo attivo e creatore nella riproduzione culturale dei cittadini, che come sappiamo ad Atene spettava agli uomini. Del resto, come avrebbero potuto educare i figli degli esseri, che, a differenza di quelli di sesso maschile, non possedevano il *logos*?

MOGLI, RIBELLI, VERGINI E MATRIARCHE
Le tribù delle donne

Al termine delle discussioni e delle teorizzazioni sulla natura delle donne è arrivato il momento di tornare a Pandora. Da lei, dice Esiodo, discende "il genere maledetto", "le tribù delle donne". Come appartenenti a un unico genere, dunque, le donne hanno caratteristiche comuni, delle quali si è sin qui parlato. Ma questo "genere" – sempre secondo Esiodo – è diviso in tribù. Al suo interno, dunque, esistono differenze, ci sono donne che hanno diverse caratteristiche, diversi pregi o diversi difetti.

A illustrarne qualcuno può aiutare la storia di alcuni celebri personaggi femminili.

Alcesti, la moglie

Alcesti è la moglie perfetta. Quella che ogni greco avrebbe sognato di avere, e che suo marito Admeto, a essere onesti, non meritava neppure lontanamente.

Delle sue virtù, in particolare prudenza e saggezza, Alcesti aveva dato prova sin da giovanissima, quando a Iolco, dove abitava, erano giunti Medea e Giasone, e Medea si era prodotta in una delle sue migliori performance di maga assassina.

Alcesti era una delle figlie di Pelia, che Medea, come sappiamo, aveva convinto a bollire il padre fingendo di volerlo ringiovanire. Tra le sorelle, solo Alcesti aveva subodorato l'inganno e aveva tentato di opporsi all'esperimento. Saggia, prudente, intelligente, così era Alcesti.

Andata in sposa ad Admeto, re di Fere, in Tessaglia, aveva dimostrato la sua eccellenza come donna e moglie, compiendo, per amore del marito, il sacrificio estremo che un essere umano può compiere: per Admeto, per consentirgli di continuare a vivere, aveva rinunciato alla propria vita.

Admeto infatti, in cambio dell'ospitalità data ad Apollo una volta in cui il dio era stato cacciato dall'Olimpo, aveva ottenuto il privilegio, quando fosse giunto il tempo della morte, di evitarla a patto di trovare qualcuno disposto a morire al suo posto.

Senonché, quando il momento era giunto, nessuno si era offerto. Admeto cercava, disperato: gli sembrava impossibile che neppure suo padre e sua madre ascoltassero le sue suppliche. Nessuno dei due intendeva rinunziare a quel poco di vita che restava loro per consentire al giovane figlio di vivere molti anni felici. Ti ho messo al mondo, gli aveva detto il padre, ti ho allevato, erediterai i miei beni. Perché dovrei darti anche la mia vita?

Solo Alcesti, la moglie amatissima, era pronta al sacrificio: "la donna più nobile sotto il sole", canta il coro nella tragedia di Euripide a lei intitolata.

Admeto accetta. Ed ecco giungere il momento dell'addio. Thanatos, la Morte, sta per venire a prelevare Alcesti per portarla nel regno delle ombre. Admeto, disperato, stringe tra le braccia la moglie: la mia vita è finita, dice con accenti più da protagonista di un amore romantico che da marito greco (anche per questo, forse, suonano poco credibili). Io non porterò il lutto per un solo anno, promette ad Alcesti, ma per tutta la vita. Non riprenderò mai moglie, nella casa non si terranno più banchetti, non si canterà più, i flauti verranno banditi. Quando morirò verrò sepolto accanto a te, così da non essere mai più separato dalla migliore delle donne. Al culmine della scena di disperazione, Admeto arriva a manifestare un proponimento inquietante: farò costruire da un artista un simulacro del tuo corpo, dice ad Alcesti, lo metterò nel letto, mi ci getterò sopra, abbracciandolo e invocando il tuo nome. Mi parrà di avere tra le braccia la mia donna senza averla... Chissà se questo avrà confortato Alcesti, che non rimpiangeva il suo gesto, ma comprensibilmente temeva il mondo delle ombre, e avrebbe voluto continuare a vivere nella sua casa, con il marito amatissimo e i figli non meno amati.

Strano personaggio, questo Admeto: il suo dolore suscita inevitabilmente sospetti. Solo dopo aver accettato il sacrificio aveva capito quanto grande fosse il suo amore per la moglie? Gli accenti del dolore sembrano sinceri, ma, se lo sono, Admeto è quantomeno un codardo. Sarebbe interessante sapere come lo giudicavano gli ateniesi, come reagivano alle sue plateali (un po' troppo plateali) esplosioni di dolore.

Quel che essi pensavano di Alcesti, invece, e quel che Alcesti rappresentava, è assolutamente fuor di dubbio: una donna ideale, che controlla la sua sessualità, che ha governato la casa in modo encomiabile, una donna per cui la vita del marito è al di sopra di qualunque altro bene, compresa la propria vita... che altro chiedere a una donna?

Ma, quando tutto sembra perduto, ecco profilarsi, inaspettatamente, un lieto fine. Thanatos ha appena lasciato la casa, portando con sé il cadavere di Alcesti, quando alla reggia giunge Eracle. Admeto gli offre ospitalità per la notte, nascondendogli la tragedia che si sta compiendo. Quando scopre la verità, commosso dalla generosità con la quale Admeto ha nascosto il suo dolore per accoglierlo, Eracle entra in azione: per lui anche l'impresa di vincere la morte è possibile. Raggiunto Thanatos alle porte dell'aldilà, riesce a sottrargli Alcesti e la riconduce alla reggia. Ma, curiosamente, non dà subito la buona notizia ad Admeto: al contrario, lo sottopone a una prova straziante; senza dirgli che si tratta di sua moglie, gli chiede di accoglierla in casa. Admeto è turbato, la donna gli ricorda troppo Alcesti, ha il suo fisico, si muove e parla come lei... non vuole ospitarla, ha giurato fedeltà alla moglie.

In verità, le ragioni di questo trucco non sono chiarissime: se si esclude un tocco di sadismo, si può pensare che Eracle volesse mettere alla prova la devozione di Admeto alla moglie. Come che sia, comunque, alla fine la verità viene svelata. Admeto è al colmo della gioia, Alcesti è tornata alla vita.

Questa la storia che ci racconta Euripide. Altri (Platone, in particolare, nel *Fedro*) raccontano che a riportare in vita Alcesti furono gli dèi, colpiti dalla sua nobiltà. Ma la morale non cambia: Alcesti è premiata per il suo gesto, con il quale dimostra che anche le donne possono compiere atti eroici: possono farlo se portano alle estreme conseguenze le virtù di cui si vuole siano cariche. L'eroismo degli uomini si manifesta morendo per la patria; quello delle donne morendo per il marito.

Lisistrata, la ribelle

Atene, 411 a.C. È un momento difficile per la città. Dopo una cocente sconfitta militare in Sicilia, gli ateniesi stanno affrontando una grave crisi politica e finanziaria. Le casse della città sono ormai vuote, e la guerra continua, la terribile, interminabile guerra contro Sparta, iniziata vent'anni prima. A teatro va in scena una nuova commedia. L'autore è Aristofane, il grande poeta comico ateniese. La protagonista è Lisistrata, un'ateniese il cui nome significa "colei che dissolve gli eserciti".

Lisistrata sa bene che le donne ateniesi sono stanche. Come lei, vogliono la pace, vogliono che i loro uomini smettano di combattere. E ha un'idea: non c'è che un sistema per ricondurre gli uomini alla ragione. Un sistema semplice ed efficace: lo sciopero del sesso. Da quel momento, tutte le donne dovranno rifiutarsi ai loro uomini. Non solo le ateniesi, anche quelle delle città nemiche, che Lisistrata ha convocato e coinvolto nel suo piano.

Sulle prime, le resistenze sono forti. Molto perplesse di fronte a quello che Lisistrata chiede loro, le donne cominciano col dire che, comunque, la cosa non funzionerà, che sarà un sacrificio inutile... Ma Lisistrata riesce a convincerle, e le donne solennemente promettono: riammetteranno gli uomini nel loro letto solo dopo che questi avranno promesso di concludere la pace.

E questa non è che la prima tappa: dopo aver occupato l'Acropoli, le donne penetrano nel tempio di Atena e si impadroniscono del danaro che vi è custodito. Senza i soldi, agli uomini sarà impossibile continuare la guerra.

I maschi, ovviamente, tentano di opporsi, di rimandare le donne nelle loro case. Le donne resistono, volano gli insulti... Ne nasce un indescrivibile parapiglia. Per ristabilire l'ordine, viene inviato un commissario che tenta di ricorrere alle maniere forti: peggio che mai, le donne mettono in fuga i suoi aiutanti. Il commissario è semplicemente sconvolto: perché mai le donne si mettono a occuparsi di cose da uomini, come la guerra? Lisistrata glielo spiega: sono le donne a subirne le maggiori conseguenze. Siamo noi che partoriamo i figli, per poi mandarli a fare i soldati. Quando potremmo essere felici e goderci la giovinezza, siamo costrette a dormire sole per colpa delle vostre spedizioni militari. Per non parlare del fatto che, mentre gli uomini combattono, noi donne invecchiamo nelle case. Ma come, dice il commissario, forse che non invecchiano anche gli uomini? Eh no, mio caro, la cosa è ben diversa, ribatte Lisistrata: voi uomini, quando tornate a casa, anche se ormai vecchi, subito vi sposate una ragazzina. Per noi donne, invece, il tempo buono è breve...: se non lo afferriamo, nessuno più ci vuole. Incredibile, oggi, vedere denunziata, duemilacinquecento anni or sono, una discriminazione (inscritta nella natura, sostengono alcuni; dovuta in gran parte alla cultura, dicono altri, con ben maggior fondamento) della quale si constatano continui, diffusissimi esempi.

Ha le idee chiare, Lisistrata. È determinata. Non ha cedimenti. Le altre, invece – o quantomeno molte di loro – sono pronte al compromesso, cercano le scuse più strane per tornare a casa e incontrarsi, sia pur rapidamente, con i loro uomini. Una dice di dover controllare la lana, ha paura che le tarme la mangino. Ma tornerà subito, immediatamente. Un'altra finge di dover partorire: ma il pancione che esibisce è in realtà una pentola infilata sotto al vestito. Lisistrata deve combattere su due fronti, ma non si scoraggia, spiega alle altre che, se resisteranno, la vittoria sarà loro, cita un oracolo che conferma la bontà del suo progetto, alla fine le convince. E i fatti le danno ragione. L'astinenza forzata riduce gli uomini in uno stato tale che, alla fine, accettano le condizioni imposte dalle donne. Tra feste e cori, ateniesi e spartani, deposta l'antica inimicizia, tornano alle loro case riconducendovi le donne.

Ipsifile, la matriarca

Ipsifile fu, per un certo periodo di tempo, a capo di una comunità di sole donne. Sull'isola di Lemno, ove lo straordinario evento si verificò, fu dunque in vigore un regime matriarcale. Così quantomeno dicono alcuni. Ma forse, a ben vedere, si trattava di qualcosa di diverso: come, del resto, risulta chiaramente se si segue con un minimo di attenzione il racconto dell'avvento e della fine del cosiddetto matriarcato. Un racconto lungo, che si divide in due atti. Il primo racconta come e perché, su un'isola dell'Egeo, si instaurò un regime a capo del quale era una donna. Il secondo racconta come e perché questo strano regime ebbe termine.

Atto primo. Una notte, sull'isola di Lemno, viene compiuta una strage: sorpresi nel sonno, tutti gli abitanti di sesso maschile vengono sgozzati. Tutti, dal primo all'ultimo. Uccisi dalle loro donne. Strana storia, a prima vista. Strana e incomprensibile: per spiegarla bisogna tornare indietro di qualche tempo, al giorno in cui i maschi avevano smesso di avere rapporti sessuali con le donne di Lemno. Bisogna pur dirlo, dal punto di vista degli uomini la decisione non era immotivata: da qualche tempo le lemnie emanavano un terribile, insopportabile odore, il castigo mandato da Afrodite cui avevano colpevolmente trascurato di rendere i dovuti onori cultuali. Gli uomini di conseguenza avevano cercato e trovato rifugio tra le braccia di giovani schiave tracie, accoglienti e profumate, giunte sull'isola come prigioniere di guerra.

Vendetta, avevano giurato le lemnie: e in un'unica notte si erano liberate di tutti i maschi dell'isola, dando vita a un governo di sole donne, retto dalla regina Ipsifile.

Qualcosa di contro natura, qualcosa di impensabile. Un paese governato da donne. Qualcosa che aveva tutti i caratteri della barbarie. Non a caso le lemnie, oltre a essere crudelissime, mangiavano carne cruda: per i greci, e non solo per loro, il discrimine fra il mondo civilizzato e quello che non era tale era segnato, appunto, dall'introduzione di un'alimentazione basata sulla cottura dei cibi.

Il mito delle lemnie mostra quel che accade in un mondo – più che immaginario, impensabile – nel quale vengono violate le regole della divisione dei ruoli fra sessi.

Atto secondo. Un paese di sole donne non può durare a lungo: sono proprio le donne a desiderare per prime la presenza maschile, sempre e ovunque, avvertono le storie greche. Come ad Atene Lisistrata fatica a convincere le altre donne a stare lontane dai loro uomini, così a Lemno le donne governate da Ipsifile non vedono l'ora di tornare a un regime che non le privi della compagnia maschile.

La stessa Ipsifile del resto, a quanto pare, non aspettava altro. Come spiegare altrimenti le sue reazioni il giorno in cui sul mare di Lemno appare la nave Argo con a bordo Giasone e gli Argonauti?

Cosa dovrebbero fare le lemnie, se il loro fosse un regime matriarcale? Senza arrivare agli estremi delle Amazzoni, che uccidevano gli uomini, dovrebbero tenerli con sé solo per ragioni utilitaristiche, servendosene anche a scopi sessuali, ovviamente, ma tenendoli in condizione di subalternità.

Cosa fanno invece le lemnie? Accolgono con vera, sincera gioia gli Argonauti. Giasone, sceso a terra, viene ricevuto con tutti gli onori del caso dalla regina Ipsifile, che – per una più che giustificata precauzione – non gli racconta la vera storia dell'isola; dice che gli uomini hanno abbandonato la loro terra, se ne sono andati con altre donne. E si propone come moglie a Giasone: se resterai con me, gli dice, diventerai il re di Lemno.

Accompagnato da un corteo di donne in festa, Giasone torna alla nave per comunicare la notizia ai compagni. Gli Argonauti, superfluo dirlo, dopo mesi o forse anni di navigazione, non vedono l'ora di scendere a terra. L'intera truppa sbarca, nella città si organizzano danze e banchetti, e finalmente arriva il momento tanto atteso da tutti. Accoppiamento generale: Giasone con Ipsifile, i suoi compagni con le altre.

Quanto tempo Giasone sia rimasto a Lemno è cosa su cui i greci avevano, come al solito, opinioni diverse. Alcuni raccontavano che, essendosi fermato sull'isola durante il viaggio di andata in Colchide, aveva dovuto – dopo una lunga sosta – riprendere controvoglia la via del mare. Altri parlavano di un matrimonio tra lui e Ipsifile, e del ritorno sull'isola, grazie al matrimonio, di una situazione di normalità, in cui il potere, come vuole la legge di natura, spettava di nuovo a un re (e in famiglia a un uomo).

Come che sia, comunque, la morale non cambia: le donne non possono governare: non possono e in realtà (eccezion fatta per le Amazzoni) non vogliono. Alle donne non piace vivere senza uomini. La presenza maschile è indispensabile, persino alle terribili lemnie.

Atalanta, cacciatrice e corritrice

Atalanta è una giovane donna molto diversa dalle altre, così diversa da essere, forse senza rivali, la figura di donna più discussa e più difficile da comprendere tra le peraltro numerose figure mitologiche femminili.

Nata in una zona non ben precisata della Grecia (forse in Arcadia, forse in Beozia), Atalanta viene abbandonata alla nascita sul monte Parthenion: suo padre, che desiderava un figlio maschio, non intendeva assolutamente crescere una donna.

Allattata da un'orsa, la bambina sopravvive fino al giorno in cui alcuni cacciatori di passaggio la vedono, la raccolgono e la allevano insegnandole l'arte della caccia, che Atalanta pratica con grande abilità e passione, seguendo l'esempio della dea Artemide di cui è devota. Durante le sue scorrerie nei boschi due centauri, Reco e Ileo, cercano di violentarla, e lei li uccide con le sue frecce. Nonostante la riluttanza dei cacciatori maschi, partecipa alla caccia al famoso cinghiale di Calidone, animale di mostruose dimensioni al quale riesce a infliggere la prima ferita. Alcuni greci raccontavano che aveva partecipato alla spedizione degli Argonauti. Trattandosi di una donna, la notizia ha dell'incredibile: ma alcuni vi credevano. A Iolco, quando Pelia viene ucciso da Medea, partecipa ai giochi funebri in suo onore, vincendo il premio nella gara di corsa. Si parlava anche di una sua vittoria nella lotta, con Peleo, futuro padre di Achille, come avversario.

Una donna strana, insomma, la cui stranezza diventa inaccettabile quando raggiunge l'età matrimoniale. A quel punto infatti Atalanta compie una scelta impensabile, per i greci: decide di non prendere marito. Oltre alla sua fedeltà ad Artemide, la ragione del rifiuto è legata a un oracolo, che ha predetto che, se si sposerà, sarà trasformata in un animale. Per evitare il matrimonio, dunque, Atalanta, sapendo che nessuno vi riuscirà, promette che sposerà l'uomo capace di superarla in una gara di corsa. Chi perderà, sarà ucciso.

Data la sua velocità, la ragazza concede un vantaggio ai pretendenti, ma ciononostante molti di essi perdono la vita: Atalanta, quando li sorpassa, li trafigge con la sua lancia.

Senonché un giorno giunge un giovane chiamato Melanio (secondo altre versioni, Ippomene) che vince la gara con uno stratagemma. Afrodite gli ha regalato delle mele d'oro, e Melanio, quando Atalanta sta per raggiungerlo, le lascia cadere una a una. Atalanta si ferma a raccoglierle, incuriosita, quindi perde la gara e sposa il vincitore.

Ed ecco, con il matrimonio, avvenire in Atalanta un insospettabile cambiamento. Dopo aver così fermamente e a lungo rifiutato le nozze, prende talmente gusto ai piaceri che queste comportano che un giorno, durante una caccia, presa da irresistibile desiderio, entra con Melanio in un tempio di Zeus per fare l'amore. Un sacrilegio che Zeus decide di punire trasformando ambedue in leoni. Si avvera così l'oracolo che aveva previsto la trasformazione di Atalanta in un animale, se si fosse sposata.

Quale tribù? Ermafrodito, due sessi e un solo corpo

Quale tribù? O meglio, quale genere? Il problema nasce a proposito di Ermafrodito, un essere che, a Esiodo, avrebbe posto qualche serio problema: dove collocarlo, nella classificazione dei generi?

Figlio di Ermes e Afrodite, dai quali prende il nome, Ermafrodito era un giovane di straordinaria bellezza. Cresciuto nei boschi del monte Ida, in Frigia, ove era stato allevato dalle Ninfe, attorno ai sedici anni Ermafrodito decide di partire per conoscere il mondo. Percorsa l'Asia Minore, arriva fino alla lontana Caria, sulle rive di un lago bellissimo ove abita la ninfa Salmacis. Vedendo Ermafrodito, la ninfa se ne innamora perdutamente. Ma Ermafrodito respinge le sue *avances*. Salmacis finge di rassegnarsi, ma è più che mai decisa a perseguire il suo obiettivo. L'occasione si presenta il giorno in cui Ermafrodito si immerge nudo nelle acque del lago. La ninfa si getta su di lui, lo stringe con tutte le sue forze in un abbraccio dal quale questi non riesce a sciogliersi e implora gli dèi di soddisfare il suo desiderio: vuole che il suo corpo e quello del ragazzo non si separino mai più. E gli dèi la accontentano: i due restano uniti in un essere nuovo, al tempo stesso maschio e femmina.

Sin qui il mito: e può sembrare il racconto di una storia d'amore, una celebrazione della forza invincibile del desiderio (in questo caso, del tutto singolarmente, del desiderio di una donna). Ma come finì questa storia d'amore? Cosa accadde dell'essere nato dall'irresistibile passione della ninfa? Cosa sappiamo di Ermafrodito, insomma, al di là delle circostanze della sua nascita?

Se non sappiamo nulla di lui, personalmente, sappiamo però come gli antichi consideravano gli ermafroditi. E scopriamo che quella che può sembrare una bella favola d'amore è in realtà il racconto della comparsa sulla terra di un "mostro". Un mostro nel senso tecnico in cui lo intendevano gli antichi, vale a dire un evento o un essere strano, straordinario, mandato dagli dèi tra gli umani per far loro sapere che qualcosa (un comportamento scorretto, la violazione di qualche regola, un atteggiamento irrispettoso) aveva provocato l'ira divina.

Poiché alla comparsa del mostro seguivano calamità come pestilenze, inondazioni, carestie, o drammatiche sconfitte belliche, e poiché l'ermafrodito era un segno dell'ira divina, quando accadeva che ne nascesse uno bisognava correre ai ripari. Il neonato andava eliminato, e di regola così avveniva. Ma a volte accadeva che i genitori, anziché ucciderlo, abbandonassero il mostro. E quindi poteva accadere che venissero trovati nelle campagne dei piccoli ermafroditi, miracolosamente sopravvissuti per alcuni anni, che vagavano alla disperata ricerca della più elementare forma di sussistenza. Gravissimo, dicevano gli esperti: la sopravvivenza di un ermafrodito rappresentava un serio pericolo per la comunità, il mostro poteva contagiare con la sua impurità cose e persone con cui veniva in contatto.

Ma per eliminare l'ermafrodito non bastava ucciderlo. Mostro per eccellenza, andava eliminato in modo che della sua esistenza non restasse traccia. Andava sommerso nelle acque.

Nonostante il romanticismo del mito che racconta la sua nascita, dunque, l'ermafrodito era considerato un essere turpe, un imperdonabile e inaccettabile errore di natura, che metteva in discussione l'opposizione più importante tra esseri umani, quella tra uomini e donne.

L'ermafrodito era un mostro perché sfuggiva alla regola fondamentale della divisione dei sessi, da cui dipendeva la sopravvivenza stessa del genere umano: la distanza tra mito e realtà appare incolmabile.

Vogliamo tentare una spiegazione? Forse possiamo pensare alla bella favola della ninfa Salmacis come a una sorta di insegnamento: se era cosa normale che un'unione venisse imposta con la forza a una donna, un'unione imposta a un uomo da una volontà femminile era contro natura, quasi come il figlio che essa generava. Solo un'ipotesi semiseria, ma certo tutt'altro che in contrasto con la mentalità dei greci e dei romani.

FRINE E LE ALTRE
Amori in tribunale

Gli ateniesi, si sa, erano molto litigiosi. Che una storia d'amore si concludesse in tribunale era cosa tutt'altro che rara. Per gelosia, per danaro, per le tante possibili ragioni per cui una storia d'amore può finire. Coinvolgere in un processo per ragioni di sesso un nemico personale o un avversario politico, inoltre, era un mezzo cui gli ateniesi ricorrevano con una certa frequenza. Sono tante, insomma, le ragioni per le quali i resoconti processuali contribuiscono a farci conoscere i modi in cui venivano vissuti gli amori.

A volte le liti giudiziarie coinvolgevano persone che, diversamente, non avremmo mai sentito nominare; altre volte, invece, del processo erano parte o in qualche modo erano coinvolti personaggi celebri, della cui vita veniamo così a conoscere aspetti inediti. E da uno di questi personaggi e di questi processi cominceremo, quello che coinvolse Pericle, il grande statista ateniese.

Processo ad Aspasia

Aspasia, figlia di Axioco, era la concubina di Pericle. Anche se profondamente innamorato di lei, Pericle non aveva potuto sposarla: Aspasia era nata a Mileto, in Asia Minore, e il matrimonio con le donne straniere era vietato da un decreto voluto dallo stesso Pericle. Dopo aver divorziato dalla moglie, dunque, Pericle visse *more uxorio* con Aspasia sino al momento della morte, avvenuta nel 429 a.C., durante la peste che decimò Atene.

Del loro rapporto, ad Atene si favoleggiava per molte ragioni: Pericle, per cominciare, dimostrava per Aspasia un amore che nessuno dei suoi concittadini dimostrava alla propria donna: come raccontavano esterrefatti gli ateniesi, arrivava al punto da baciarla ogni giorno, sia uscendo di casa sia rientrando dall'*agora*.

Ma ad alimentare pettegolezzi e leggende era anche la diversità di Aspasia: a differenza delle donne ateniesi, che non ricevevano alcuna educazione, Aspasia era coltissima, e intratteneva intensi rapporti intellettuali con i maggiori pensatori e filosofi dell'epoca, ivi compreso Socrate. Alcuni dicevano addirittura che il filosofo aveva appreso da lei il metodo di discussione detto "socratico". Un allievo di Socrate, Eschine di Spetto, aveva scritto un dialogo in cui raccontava una conversazione fra Aspasia, Senofonte e la moglie di questi. "Se la moglie del vicino avesse più oro del tuo, preferiresti avere il tuo o il suo oro?" aveva chiesto Aspasia alla moglie di Senofonte. "Il suo" aveva risposto la donna. "E se avesse abiti e gioielli più ricchi?" "I suoi." "E se avesse un marito migliore del tuo?" La risposta era stato un imbarazzato silenzio. Aspasia si era allora rivolta a Senofonte, e dopo avergli fatto analoghe domande gli aveva chiesto se avrebbe preferito la moglie del vicino, qualora fosse stata migliore della sua. Di nuovo un silenzio imbarazzato. E Aspasia, interpretando il pensiero dei suoi interlocutori, aveva concluso: "Ciascuno di voi vorrebbe il marito o la moglie migliori. Ma nessuno di voi due ha raggiunto la perfezione; dunque, ciascuno di voi rimpiangerà per sempre questo ideale".

Aspasia, insomma, non solo padroneggiava l'arte del discorso, ma aveva anche un'idea del rapporto fra i sessi molto diversa da quella degli ateniesi: il matrimonio, sosteneva, era l'incontro di due persone, ciascuna delle quali, in posizione paritaria, doveva adattarsi alle esigenze dell'altra. Era, insomma, una donna assolutamente fuori dell'ordinario.

Come sorprendersi se Aspasia non era amata dagli ateniesi? E poiché all'ostilità nei suoi confronti si aggiungevano le inimicizie politiche di Pericle, non è difficile capire perché Aspasia venne denunziata e processata per empietà (*asebeia*), un crimine tanto grave quanto indefinito e indefinibile.

Si commetteva empietà, infatti, compiendo azioni o tenendo comportamenti rituali in contrasto con i precetti religiosi; ma Socrate venne accusato e condannato per ragioni diverse, per aver professato idee religiose non ortodosse e aver corrotto i giovani. La genericità del reato, insomma, si prestava facilmente a un uso politico: fu quel che accadde, oltre che nel caso di Socrate, anche in quello di Aspasia. Le accuse che le vennero mosse, infatti, erano chiaramente pretestuose: aver trasformato la casa in un bordello frequentato da giovani donne libere e aver fatto da mezzana a Pericle che, con il suo consenso, si sarebbe accoppiato alle ospiti del bordello.

Come reagì Pericle, il vero bersaglio del processo, di fronte all'attacco? Aspasia rischiava la vita: la condanna per il reato di empietà poteva essere anche la morte. Di fronte al rischio di perderla Pericle dimenticò il suo ruolo, la prudenza e la politica. Come racconta Plutarco, intervenne personalmente nel processo, e sostenne le ragioni della compagna con tale passione da arrivare a versare vere lacrime di dolore. Sconvolti dallo spettacolo, i giudici assolsero Aspasia.

Vera o falsa che sia la storia del pianto, la vicenda ci rivela un Pericle inaspettato, completando la figura del grande statista e facendoci conoscere un uomo nel quale il potere conviveva con l'umanità e i sentimenti.

Frine, la cortigiana più celebre

In una data che non è possibile stabilire con certezza, ma attorno al 335 a.C., ad Atene si celebrò un altro processo per empietà. L'accusata era una cortigiana, vale a dire una donna che concedeva i suoi favori a pagamento, ma che non era una semplice prostituta.

Gli uomini greci avevano un'ampia gamma di possibili oggetti d'amore a disposizione: potevano avere una moglie, potevano avere una concubina, potevano amare un ragazzo e potevano avere rapporti mercenari con donne delle quali pagavano la compagnia.

La prostituzione femminile in Grecia (a differenza di quella maschile, che veniva punita) era non solo ammessa, ma molto diffusa ed esercitata a diversi livelli. Al livello più basso stavano le *pornai* (dal cui nome deriva la parola "pornografia"), prostitute da strada o da bordello; al livello più alto le etere (*hetairai*, letteralmente "compagne"), che venivano "affittate" non solo per un rapporto sessuale occasionale, ma per accompagnare gli uomini nelle occasioni sociali alle quali le mogli non erano ammesse, in particolare ai famosi banchetti, durante i quali si mangiava, si beveva, si discuteva di filosofia, di politica e di amore, e ci si concedevano anche alcuni piaceri sessuali.

Per svolgere degnamente il loro lavoro, le etere dovevano avere una certa educazione, essere in grado di partecipare alla conversazione: dovevano, insomma, essere donne coltivate (erano, certamente, le più colte tra le donne greche), e pur essendo prostitute non erano circondate dall'assoluto disprezzo che investiva le *pornai.*

L'etera, insomma, esercitava una professione che consentiva un discreto guadagno e una vita certamente meno spiacevole di quella di una semplice prostituta; e che, se svolta da una donna accorta e intelligente, poteva assicurare una buona visibilità sociale, per non dire una vera e propria fama, e guadagni lautissimi. Come dimostra, appunto, il caso di Frine.

Nota in tutta la Grecia per la straordinaria bellezza del suo corpo, Frine un giorno aveva consentito che una folla di greci, oltre ai suoi amanti, godesse visivamente delle sue grazie. Durante la festa di Poseidone a Eleusi, ove era convenuta un'immensa folla, Frine si era denudata, aveva sciolto i capelli ed era entrata nel mare. Di fronte a tanto splendore il pittore Apelle l'aveva presa a modello per la sua *Afrodite anadyomene* ("uscente dalle acque"), un'opera così bella che Augusto la acquistò per portarla a Roma, nel tempio di Cesare sul Foro. Dalla bellezza di Frine era stato abbagliato anche Prassitele, un altro dei suoi amanti, che si era ispirato a lei per scolpire la famosissima Afrodite di Cnido. Non c'era greco che non sapesse chi era Frine, insomma. Ed era così ricca che – si diceva – quando Alessandro Magno aveva raso al suolo Tebe, nel 335, Frine aveva promesso che avrebbe fatto riedificare la città a sue spese. In cambio chiedeva solo che i tebani apponessero l'iscrizione: "Alessandro l'ha distrutta, Frine l'ha fatta rinascere". Probabilmente si trattava solo di una leggenda: ma dà un'idea della ricchezza e della fama che una cortigiana poteva raggiungere.

Eppure, nel momento della sua massima celebrità, Frine viene accusata di empietà. Per quali ragioni?

Forse, come nel caso di Aspasia, il vero obiettivo era un altro. In questo caso Iperide, celebre oratore giudiziario e suo amante, il più deciso oppositore delle mire egemoniche dei re macedoni, e, dopo la conquista di Atene, del regime da loro imposto alla città. Che fosse lui il bersaglio che si voleva colpire è molto probabile. Ma Iperide passò al contrattacco, e assunse la difesa di Frine, ottenendone l'assoluzione grazie a un argomento difensivo inusitato, e diventato celeberrimo.

Quando si rende conto che, nonostante tutti i suoi sforzi, la giuria sembra ostile alla sua donna, Iperide ha un colpo di genio. Di fronte ai giurati in estasi e al pubblico attonito, con un vero e proprio *coup de théâtre* (premeditato, diceva qualcuno, ma comunque e certamente inaspettato), denudò il seno di Frine. Le resistenze dei giudici crollarono, e Frine fu assolta.

La moglie di Eufileto

Il processo a Eufileto si celebrò in una data incerta, ma sicuramente di poco successiva alla cacciata da Atene dei Trenta tiranni, nel 403 a.C. Gli ateniesi seguirono il caso con appassionato interesse. Non accadeva tutti i giorni che un marito sorprendesse la moglie in flagrante adulterio e, per difendere il suo onore, uccidesse l'amante di lei. Omero, questo è vero, raccontava che incidenti del genere capitavano anche nell'Olimpo: gli ateniesi conoscevano bene le disavventure di Ares e Afrodite. Ma il caso di cui si discuteva era molto più appassionante: c'era di mezzo un morto, Eratostene, l'amante, un personaggio in vista, in città. Inevitabile che ad Atene non si parlasse d'altro, e che la sentenza fosse attesa con grande interesse. Così come vi era grande attesa per l'orazione difensiva che il marito tradito avrebbe pronunziato.

Il nome del marito era Eufileto, quello della moglie non ci è noto: nel corso dell'orazione Eufileto non la nomina mai. Ma ripercorre nei particolari la storia che lo ha portato a uccidere. Erano importanti, per lui, i particolari della storia: se voleva essere assolto, doveva dimostrare che quello da lui commesso non era un omicidio come gli altri, era un "omicidio legittimo".

L'uccisione dell'amante della propria moglie, infatti, in alcuni casi era giustificata dal diritto ateniese che, se ne esistevano i presupposti, mandava assolto l'omicida. E i presupposti, stabiliti da una legge emanata secoli prima, nel 620 a.C. (la prima legge ateniese, opera del famoso legislatore Draconte) erano due: l'adulterio doveva essere stato commesso nella casa del marito, e gli adulteri dovevano essere stati sorpresi in flagranza di reato.

Questo doveva dimostrare Eufileto, se voleva essere assolto. Ed ecco la storia, che raccontò nel corso di un'arringa che, in verità, non era stato lui a organizzare. Dato che le condizioni economiche glielo permettevano, Eufileto aveva commissionato l'orazione difensiva al celebre Lisia, retore specializzato in orazioni giudiziarie.

Nella specie, l'orazione (rimasta celebre con il nome di *Per l'uccisione di Eratostene*) era molto convincente: fino al giorno in cui aveva scoperto il tradimento, racconta Eufileto, egli era stato un marito felice. Aveva sposato una donna giovane, educata per diventare una buona moglie, che si era dimostrata tale e gli aveva dato un figlio. Senonché, come un fulmine a ciel sereno, un giorno qualcosa aveva sconvolto la sua vita: sulla porta di casa una persona (una schiava, di proprietà di un'ex amante di Eratostene) gli aveva detto che sua moglie lo tradiva.

Che fare? Eufileto doveva sapere la verità. L'unica che certamente la conosceva era una sua schiava, al corrente di tutto quel che avveniva in casa. E la schiava – che Eufileto aveva minacciato di torturare se non avesse parlato – non solo confermò, ma rivelò tutti i particolari dell'adulterio. L'incontro con Eratostene, disse, era avvenuto durante i funerali della madre di Eufileto. A partire da quel giorno, Eratostene aveva iniziato a mandare messaggi, che lei stessa consegnava alla donna.

A questo punto Eufileto cominciò a capire alcuni bizzarri comportamenti della moglie. Gli era parso strano, ad esempio, che pochi giorni dopo la morte del fratello, non rispettando il periodo di lutto, avesse ricominciato a truccarsi; ma, al momento, non aveva avuto alcun sospetto. Gli era parso non meno strano che una sera, dopo una scenata di gelosia in cui lo aveva accusato di corteggiare una delle ancelle, lo avesse chiuso a chiave in camera sua, lasciandolo solo tutta la notte. Una notte agitata, durante la quale gli era sembrato di sentire strani rumori, come se qualcuno aprisse e chiudesse la porta di casa: ma era stanco, non ci aveva pensato troppo; neppure quella volta gli era venuto in mente che la moglie potesse tradirlo.

E invece lo faceva da tempo, dopo aver astutamente organizzato un sistema per incontrare Eratostene come e quando voleva. Per essere più libera nei movimenti, aveva cominciato a lamentarsi della disposizione delle stanze nella casa. Le camere da letto, come d'abitudine, erano collocate al pianterreno, dato che al primo piano dormivano le ancelle, alle quali il bambino veniva affidato durante la notte. Col pretesto che era stanca di salire e scendere le scale ogni notte per allattare il bambino, la donna aveva convinto Eufileto a dormire al piano superiore, mentre lei si era sistemata al pianterreno, con le ancelle e il figlioletto. Uno stratagemma abilissimo. Eratostene aveva libero accesso in casa quando voleva: Eufileto non sentiva niente.

Stando così le cose che altro poteva fare Eufileto, se non uccidere il rivale? Si trattava solo di aspettare l'occasione buona. E una notte l'ancella andò ad avvertirlo: Eratostene era in casa. Eufileto si vestì, uscì senza far rumore, andò a chiamare i vicini e li portò con sé perché potessero testimoniare. E cosa videro i testimoni, entrando in casa? Videro Eratostene sdraiato nel letto accanto alla moglie di Eufileto. O meglio, questo fu quel che videro i testimoni che entrarono per primi, con Eufileto; quelli che arrivarono alle loro spalle videro invece Eratostene in piedi sul letto, nudo.

Terrorizzato, sapendo quel che poteva accadergli, Eratostene pregava, supplicava Eufileto di non ucciderlo, promettendo che avrebbe pagato una compensazione in danaro, tutto quello che Eufileto voleva, se gli avesse risparmiato la vita. Ma Eufileto non lo ascoltò: Eratostene aveva oltraggiato il suo onore. E lo uccise con queste parole: "Non sono io che ti uccido, Eratostene; sono le leggi della città".

Così finisce la difesa di Eufileto, per noi. A differenza dell'orazione difensiva, la sentenza del tribunale non ci è arrivata. Ci resta solo da considerare che il moderno omicidio per causa d'onore, scomparso dal nostro codice penale solo nel 1981– ma non del tutto sradicato dalla cultura di alcuni settori della società – ha radici molto, molto antiche. E come tutto quel che ha radici antiche è molto difficile da cancellare.

La mirabolante storia di una prostituta e di un sicofante

Anche se è difficile stabilire l'anno esatto, sappiamo che il processo a Neera fu celebrato tra il 343 e il 340 a.C. Neera, un'ex prostituta, era accusata di aver violato la legge che vietava il matrimonio con gli stranieri. E Neera, che ateniese non era, aveva vissuto come moglie di un ateniese di nome Stefano.

L'accusatore era un certo Teomnesto, ma nel processo, dopo di lui, parlò a lungo Apollodoro, suo suocero, che raccontò la vita di Neera in un contesto di storie di amori, baldorie, tradimenti, percosse e scandali che avevano movimentato la vita ateniese per molti anni: una storia così complessa, che per seguirla è necessario dividerla in due parti.

Parte prima. Storia di Neera, prostituta a Corinto e ad Atene. La lunga e avventurosa vita di Neera comincia, per quanto ci è dato sapere, come prostituta agli ordini di una mezzana, cui era stata venduta quando era bambina. La mezzana, di nome Nicareta, esercitava il mestiere a Corinto, e a Corinto Neera rimase, sempre al servizio di Nicareta, sino al momento in cui due giovani, tali Timanoride e Lucrate, la ricomprarono per ben tremila dracme. Scopo dell'acquisto era godere in esclusiva delle grazie di Neera: cosa che, evidentemente, i due fecero con soddisfazione. Quando, avendo deciso di sposarsi, fu giocoforza affrancarsi da una situazione troppo impegnativa, le fecero una proposta: delle tremila dracme pagate, gliene regalavano mille. Neera, però, doveva restituire loro le altre duemila. Dopo di che, essendosi ricomprata la libertà, doveva abbandonare per sempre Corinto.

Ma duemila dracme erano molte, anche per una donna bella come Neera: per racimolare la somma, dunque, Neera propose a un ricco ateniese, Frinione, di accollarsela. In compenso sarebbe andata a vivere con lui.

Concluso l'affare, Neera, finalmente libera, si trasferì ad Atene. Ma la convivenza fu tutt'altro che felice: Frinione era prepotente e disattento, Neera vivace e avida di divertimento. Si diceva in giro che durante i banchetti Frinione bevesse e crollasse addormentato, e Neera ne approfittasse per spassarsela con altri uomini. Vero o no che fosse, Neera comunque non sopportava Frinione, e un giorno fece i bagagli e partì per Megara, portando con sé, oltre alle sue cose, anche alcuni beni preziosi di proprietà dell'uomo. Ma a Megara non restò a lungo. La città era piccola, non offriva né divertimenti, né sufficienti possibilità di lavoro. Ancora una volta Neera decise di partire, e l'occasione giunse insieme a un uomo, l'uomo della sua vita: un ateniese di nome Stefano.

Innamoratosi di Neera, pur sapendo che correva il rischio di essere denunciato per furto da Frinione, Stefano la portò con sé ad Atene, insieme ai tre figli che nel frattempo Neera aveva avuto – due maschi e una femmina di nome Fano –, che all'arrivo ad Atene Stefano registrò come figli suoi, nati da un legittimo matrimonio.

Ma questo era un reato: così facendo Stefano inseriva nell'elenco di coloro che alla maggiore età sarebbero diventati cittadini delle persone che non ne avevano diritto (secondo il diritto attico infatti, avevano il diritto di cittadinanza solo i figli nati da due cittadini).

Al momento, comunque, nessuno se ne accorse. Stefano e Neera iniziarono una convivenza para-matrimoniale, rispettata da alcuni, malvista da altri. Stefano non aveva grandi risorse economiche, e si diceva che sfruttasse la bellezza della moglie per incrementare in vario modo le sue entrate: a volte semplicemente cedendola a pagamento; altre volte inscenando una specie di commedia, con Neera che seduceva un uomo, Stefano che fingeva di sorprenderli e si faceva versare cospicue somme per rinunciare al suo diritto di vendicarsi.

Tutto andò liscio, nonostante i pettegolezzi, sino al giorno in cui ricomparve Frinione, sostenendo che Neera era sua schiava. Poiché Stefano negava, la questione andò dinanzi all'arconte Polemarco, e Stefano riuscì a spuntarla. Frinione minacciava però di denunziare Neera per il furto e Stefano (che sapeva di non potersi permettere un processo, nel corso del quale poteva risultare che egli aveva convissuto con una straniera facendola passare per sua moglie) accettò di sottoporsi al giudizio di un collegio di arbitri. Il verdetto fu salomonico: Neera doveva stare un giorno con Frinione, l'altro con Stefano. Quindici giorni al mese con ciascuno dei due, a giorni alterni.

Sarebbe interessante sapere come funzionò e per quanto tempo durò questo ménage: ma purtroppo non lo sappiamo. Dopo un certo tempo, comunque, il rapporto di convivenza stabile con Stefano riprese, con tutte le occupazioni e preoccupazioni di una vita di fatto matrimoniale.

Parte seconda. Storia di Fano, figlia di Neera e moglie dell'arconte re. La maggior preoccupazione della coppia era ormai quella di trovare un marito a Fano, la figlia di Neera, che aveva raggiunto l'età in cui era opportuno che una ragazza si sposasse.

Il candidato fu presto trovato: un certo Frastore, che, forse attratto anche dalla ricca dote, la sposò. Ma a distanza di un anno soltanto, anche (o forse proprio perché) era incinta la ripudiò.

Per Stefano e Neera la situazione non era facile: come sistemare quella figlia ripudiata, per di più con un bambino a carico che Frastore non aveva voluto riconoscere? Data l'esuberanza della ragazza, fra l'altro, la sua presenza in casa poteva creare problemi. Un giorno, ad esempio, Stefano, rientrando, l'aveva sorpresa mentre amoreggiava con Epeneto, un vecchio amico di famiglia, ex amante di Neera. Inferocito, comportandosi come un vero padre, Stefano aveva minacciato Epeneto di ucciderlo se non avesse pagato un cospicuo riscatto: Epeneto, terrorizzato, sul momento aveva promesso di pagare, ma poi ci aveva ripensato. La legge che consentiva ai mariti di uccidere impunemente l'amante della moglie consentiva anche ai padri di uccidere gli amanti delle figlie. Ma – a prescindere dal fatto che Stefano non era il padre – la regola non si applicava se la donna in questione era una prostituta. E la vita di Fano non lasciava spazio a dubbi in proposito. Di fronte alla minaccia di essere citato in giudizio per il suo comportamento, Stefano giunse a un accordo con Epeneto: si sarebbe accontentato di un terzo della somma promessa al momento del fatto, e la questione poteva considerarsi chiusa.

Stefano ricominciò a pensare a come sistemare Fano. E, con l'accordo di Neera, fece una scelta che fu causa della loro rovina.

Da qualche tempo Stefano era assessore di un uomo molto importante: Teogene, l'arconte re, un magistrato di grande prestigio, che esercitava compiti religiosi delicatissimi e importanti. Con grande abilità – e approfittando, evidentemente, di una certa ingenuità del magistrato – Stefano prospettò a Teogene la possibilità di sposare Fano. Teogene acconsentì.

In quanto moglie dell'arconte Fano divenne regina (*basilissa*): il ruolo più alto che una donna ateniese potesse ricoprire. Durante la festa delle Antesterie toccava a lei compiere l'antichissimo rito della celebrazione delle nozze mistiche con Dioniso.

Data l'importanza del suo ruolo e del suo ufficio, dunque, la regina doveva essere giunta vergine alle nozze: e Fano vergine certamente non vi era giunta. Quando Teogene la sposò, cominciarono i pettegolezzi che ben presto raggiunsero il più antico e il più sacro tribunale ateniese, l'Areopago, i cui componenti intimarono a Teogene di chiarire la situazione.

Teogene, dopo aver giustificato il suo comportamento dicendo di aver sposato Fano senza conoscere la verità sul suo conto, ripudiò la moglie.

Quel che accadde di Fano dopo il secondo ripudio non è dato sapere. L'arringa non dà altre informazioni. Così come non sappiamo se, al termine del processo – a seguito del quale tutta Atene venne a conoscere i segreti del suo passato – Neera fu condannata o assolta.

Erigone e la leggenda dell'altalena

Abbiamo cominciato questo libro con i miti, siamo arrivati a storie di vita vissuta discusse dinanzi a un tribunale. Per chiudere, torniamo a un mito, oggi poco noto, che i greci raccontavano per spiegare l'origine di un gioco molto amato dalle ragazze, l'altalena. Un mito interessante, strano, che ci consente anche di ampliare le nostre considerazioni sulla condizione femminile, rispondendo a una domanda solo apparentemente futile: cosa pensavano i greci di una nubile?

La storia è quella di Erigone, figlia di Clitennestra e di Egisto. Anche se la cosa è poco nota, dalla relazione della moglie di Agamennone con il cugino del marito era infatti nata una bambina, a volte chiamata anche Aletis, "la vagabonda".

Quando i suoi genitori erano stati uccisi dal fratellastro Oreste, Erigone aveva deciso di vendicarli e a questo scopo aveva inseguito Oreste sino ad Atene (ecco il perché del nome Aletis). Ma qui giunta, si raccontava, era stata presa da scoramento e aveva posto fine ai suoi giorni impiccandosi.

Triste sorte, quella di Erigone, oggi pressoché dimenticata, ma ben nota agli ateniesi, che la celebravano nel corso di una delle più importanti feste cittadine, le Antesterie, il festival dei fiori. La morte della ragazza, infatti, aveva rischiato di mettere in pericolo l'esistenza stessa della città. Quando Erigone si era uccisa, ad Atene era accaduto un fatto molto preoccupante. Come se fossero state contagiate, le vergini ateniesi avevano preso a impiccarsi in massa. Preoccupatissimi, gli ateniesi si erano precipitati a interpellare l'oracolo di Apollo, che aveva indicato il rimedio: bastava costruire delle altalene, così che le ragazze potessero dondolarsi nell'aria, come facevano quelle che si impiccavano, ma senza perdere la vita. E così era stato: le vergini ateniesi avevano cominciato a volare sulle altalene e avevano smesso di impiccarsi. Gli ateniesi, felici, a partire da quel momento ogni anno commemoravano la fanciulla suicida nel terzo giorno delle Antesterie, quando le giovani venivano spinte sull'altalena, celebrando ritualmente la morte di Erigone.

Ma il collegamento simbolico morte-altalena non emerge solo dal mito di Erigone. Una testimonianza esplicita dell'identificazione tra i due atti viene dalla descrizione, fatta da Pausania, di un celebre dipinto di Polignoto che rappresentava Fedra in altalena: il dipinto, scrive Pausania, lascia intendere chiaramente il modo in cui Fedra si diede la morte: e Fedra si era data la morte impiccandosi, appunto. Ma il gioco dei rinvii simbolici non finisce qui. L'impiccagione, infatti, era a sua volta legata al rapporto sessuale.

A mostrare questo rapporto interviene una celebre pittura vascolare, opera di un pittore noto come "il pittore dell'altalena".

Sul vaso, conservato a Berlino, una fanciulla siede su un'altalena, sotto alla quale si leggono tre lettere: ALE. La ragazza, dunque, è Aletis-Erigone. E l'altalena su cui siede non è una comune, normalissima asse di legno: è un trono con quattro piedi, coperto da un drappo. Evidentemente, la scena non rappresenta un gioco, ma un rito, quello che nelle Antesterie simboleggia la morte della ragazza. Ma nel dipinto c'è qualcosa che non compare nel mito: l'altalena di Erigone è spinta da un satiro. E il satiro, come ben noto, è figura legata alla sessualità. Ma quali sono le ragioni della sua presenza? Quali le ragioni del collegamento tra l'impiccagione e l'attività sessuale? Per capirlo bisogna tornare ad alcune feste che si celebravano in zone diverse della Grecia.

In Tessaglia, a Melitea, un tiranno di nome Tartaro era solito far prelevare e portare a palazzo le vergini, per poi stuprarle. Quando una di esse, Aspalis, si impiccò per evitare l'oltraggio, il fratello di lei, deciso a vendicarla, raggiunse Tartaro e lo pugnalò a morte. Nel frattempo il corpo della fanciulla era svanito, e al suo posto era apparso un corpo diverso.

Passiamo a un'altra regione, l'Arcadia. Nella città di Karyai, durante una festa in onore di Artemide, dei cori di ragazze danzavano in suo onore. La danza ricordava un evento drammatico: un giorno, un gruppo di vergini intente a giocare si era sentito minacciato da un gravissimo pericolo. Di che tipo di pericolo si trattasse non è difficile immaginare: un ratto, o una violenza maschile. Per evitarlo, le ragazze si erano impiccate in massa (esattamente come le vergini ateniesi dopo il suicidio di Erigone); ma erano poi rinate, in forma di noci, sui rami dell'albero al quale si erano appese.

Tanto nelle feste che si celebravano in Arcadia quanto in quelle tessale, dunque, l'impiccagione era legata a un rapporto sessuale (che, nella specie, le ragazze volevano evitare): e, in ambedue, le ragazze impiccate rinascevano. Difficile, a questo punto, non collegare l'impiccagione ai riti di iniziazione che nelle società tribali celebravano il passaggio delle fanciulle dall'età impubere a quella pubere.

Questi riti, ai quali partecipavano annualmente tutte le ragazze che raggiungevano la pubertà, prevedevano la morte simbolica dell'inizianda, seguita dalla rinascita, al suo posto, di una donna matura, idonea a intrattenere rapporti sessuali: e l'altalena, che come sappiamo rappresentava la morte, era una delle forme di questa morte simbolica.

Apriamo una brevissima parentesi. Forse, il legame tra l'impiccagione e i riti di passaggio femminili aiuta a capire un aneddoto che i greci amavano ricordare: un giorno Diogene il Cinico, durante una passeggiata tra gli ulivi, vide alcuni cadaveri di ragazze impiccate pendere dai rami degli alberi. Senza minimamente scomporsi, proseguì per la sua strada. Le sue uniche parole furono: "Ah, se tutti gli alberi portassero simili frutti!". Superfluo ogni commento sulla misoginia del filosofo, al di là della quale, quel che colpisce nell'aneddoto è la totale mancanza di sorpresa nel vedere tante ragazze impiccate. Possiamo pensare che per i greci, dato il suo collegamento con i riti iniziatici, l'immagine (mentale) di ragazze sospese dal suolo, impiccate o in altalena che fossero, facesse a tal punto parte della normalità da giustificare l'indifferenza del filosofo?

Ma, chiusa questa parentesi, vediamo a ulteriore conferma del legame altalena-impiccagione-sesso un'altra, diversissima fonte. Nel *Corpus Hippocraticum* si parla di un particolare tipo di epilessia che colpiva le vergini e che era caratterizzato da un effetto molto singolare: le ragazze afflitte da questo male avevano una spiacevole e incontrollabile tendenza a impiccarsi. Ma per fortuna, spiega il testo, questa malattia era facile da curare: la sua causa era l'astinenza sessuale, che nel caso delle malate si era spinta oltre il lecito.

Prolungare oltre il giusto momento lo stato di verginità, insomma, era una malattia. Per noi sorprendente, una simile idea in Grecia rifletteva una seria preoccupazione sociale. In un mondo in cui le donne avevano un solo ruolo (quello di moglie e madre) e una sola funzione (quella riproduttiva) non c'era spazio per le nubili. A evitare che ve ne fossero contribuiva, ad Atene, la prassi (vietata da una legge attribuita a Solone) di vendere come schiava la figlia che – per usare un'espressione di Euripide – rischiava di diventare una "vergine canuta". Quale maggior sventura per un padre?

La storia di Erigone rivela una concezione maschile e una condizione femminile che ci fanno molto apprezzare le condizioni nelle quali viviamo oggi, quantomeno in questa parte del mondo. E consente, al tempo stesso, di chiudere queste pagine su un'immagine lieta: quella delle ragazze ateniesi che, nei giorni spensierati che precedevano il matrimonio, si divertivano volando sulle altalene: come tutte le ragazze del mondo, allora e sempre.

INDICE